U0658565

# *Стихотворения*
# А.С.Пушкин

# 普希金抒情诗选

[俄] 普希金 著
冯春 译

Александр
Сергеевич
Пушкин

上海译文出版社

# 前　言

俄国伟大批评家别林斯基在论及普希金的创作时说:"你在诵读普希金的带有先前学派影响的那些诗的时候,你会看到和感觉到,在普希金以前,俄罗斯曾经有过诗歌;可是,当你仅仅挑选他的一些独创的诗来读的时候,你就会不相信,并且完全不能设想,在普希金以前,俄罗斯曾经有过诗歌……"① 别林斯基又说:"在普希金以前,我们曾经有过诗人,但不曾有过任何一个艺术家诗人;普希金是第一个俄国艺术家诗人。因此,甚至即使是他那些最初的、不成熟的、青年时代的作品……出版后都在俄国诗歌史中标志出一个崭新的时代。"② 别林斯基断定:俄国文学"是从普希金开始的","只有从普希金的时代起,俄国文学才开始产生了,因为在他的诗歌中,我们可以感觉到俄国生活的脉搏在搏跳着。这已经不是介绍俄国认识欧洲,而是介绍欧洲认识俄国了"。③ 正是普希金开拓了俄国文学的新世纪,为此后一个世纪灿烂的十九世纪俄国文学以及后来直至今天的俄罗斯文学开辟了一条广阔的现实主义道路。他是一位开拓者和奠基人,他是俄罗斯文学之父。

除了民间口头文学,文学作品在俄国的出现是比较晚的。

人们一般把罗蒙诺索夫的第一首颂诗（1739）视为俄国文学的开端。而在此后直到普希金的作品出现的几十年间，俄国文学实际上只处于酝酿阶段。其中出现过杰尔查文、冯维辛和卡拉姆辛等几个作家。杰尔查文写过一些颂诗，冯维辛写过《旅长》和《纨袴少年》等两个喜剧，卡拉姆辛写过一个小中篇《可怜的丽莎》，这些作品无论在思想内容上、作品的规模上，还是在艺术价值上，都不足以成为俄国文学的基石。在普希金之前也有过一些诗人，但当时的诗歌很少接触社会生活，在社会上的影响是不大的。只有普希金第一个真正把文学和社会生活联系起来，赋予诗歌以不朽的生命。正是普希金的大量抒情诗，他的诗体长篇小说《叶甫盖尼·奥涅金》，他的叙事诗、历史悲剧《鲍里斯·戈杜诺夫》以及《上尉的女儿》等作品把俄国文学推向一个崭新的阶段，开创了俄国文学的新纪元。

普希金的诗歌之所以成为不朽的传世之作，是因为这些作品具有深刻的思想性、民族性和高度的艺术性。而普希金的诗作之所以具有这些品质，则是时代造成的。风起云涌的时代造就了伟大的诗人，而诗人的伟大正是因为他的作品联系着时代的风云，跳动着时代的脉搏。

一七八九年巴黎人民攻占了巴士底狱，揭开了法国和欧洲资产阶级民主革命的序幕；十八世纪末的法国大革命推翻了封建专制制度，建立了资产阶级的共和国。而在十九世纪初，俄国则还是一个封闭的封建农奴制国家。一八一二年俄国抗

---

① 见《别林斯基选集》第 4 卷，上海译文出版社 1991 年版，第 340—341 页。

② 同上书，第 345 页。

③ 见《别林斯基选集》第 2 卷，上海译文出版社 1979 年版，第 404 页。

击拿破仑入侵的卫国战争的胜利终于给俄国带来了西欧的革命思想，而这种革命思想经过一个阶段的酝酿、传播，便产生了一八二五年的十二月党人起义，开始了俄国解放运动的第一阶段。普希金诞生于一七九九年，八岁时开始文学创作，他所生活和创作的年代正处于西欧资产阶级革命思想开始在俄国传播、俄国社会发生大动荡的时期。反侵略战争和革命是十九世纪初叶这一时期俄国社会的中心事件，它们广泛地影响着人们的心理，凡是关心国家和人民命运的人，在这样的中心事件面前都不能无动于衷，都要从一定的阶级立场出发，表现出他们对这些事件所持的态度。少年普希金于一八一一年进入皇村学校就读，在读书时就接触了革命家拉季舍夫的著作和近卫军中具有先进思想的人物，很快接受了这种先进思想，对沙皇专制制度和暗无天日的农奴制充满了仇恨，胸中燃起渴求自由的火焰。于是国家的存亡、人民的命运、对这些重大问题的关心，使普希金的诗歌脱颖而出；他的诗歌很快就冲破贵族沙龙的樊篱，走向社会，热情讴歌祖国的胜利，吹响革命的号角。

普希金最早最有影响的爱国主义诗篇要首推他在皇村学校读书时写的《皇村中的回忆》。这首诗描写了拿破仑向俄国进攻，俄国军民英勇抗敌，在伟大统帅库图佐夫的指挥下大败拿破仑的一段光辉历史。普希金充满爱国热情，高唱：

颤抖吧，异邦的军队！
俄罗斯的儿郎正开往前线；
老少齐奋起，向顽敌发起猛烈的攻击，
复仇的怒火燃烧在他们的心间。
发抖吧，暴君！覆灭的时刻已经临近！

你会看见，每个士兵都勇不可当，
他们立下誓言：不是获胜就在战斗中牺牲，
为了罗斯，也为了神圣的教堂。

这是一曲爱国主义的颂歌，字里行间洋溢着俄国人民奋起抵抗顽敌，以及取得辉煌胜利的豪情。

然而普希金最重要、最具有代表性，足以使他名垂千古的作品却是那些猛烈抨击专制制度、放声讴歌自由的诗歌。这一主题始终贯穿着普希金一生的创作。他的《致李锡尼》、《自由颂》、《致恰达耶夫》、《乡村》、《短剑》、《致大海》、《安德烈·谢尼埃》、《在西伯利亚矿山的深处》、《阿里翁》、《箭毒木》、《我为自己竖立起一座非人工的纪念碑》（以下简称《纪念碑》）等都属于这类主题。在《自由颂》中，普希金毫不含糊地抨击沙皇的暴政，"啊，我举目四望，只看见到处是皮鞭，到处是镣铐，无法无天，嚣张已极，对奴役的无可奈何的嚎啕"。诗人为此而慷慨陈词：

我要为世人歌唱自由，
我要惩罚皇位上的恶行。

在《乡村》一诗中，诗人把他所看到的农奴制底下农村的一片奴役和凄惨的景象描绘了出来。这里野蛮的地主无法无天，只顾用强制的皮鞭肆无忌惮地掠夺农民的财富；农民弯腰曲背拉着犁为地主耕田，还要挨鞭子；这里的姑娘也遭到地主的恣意摧残；这里的农奴，生下来的儿女仍然是农奴，永无出头之日。诗人梦想着废除农奴制，希望"在我们文明而自由的祖国天空中”“会有一天出现迷人的晨曦”。而在写《乡村》一诗的不久之前，普希金写了著名的《致恰达耶夫》一诗。在这首诗中，普希金表示深信专制制度将被摧毁，成为一堆废墟，“迷人的幸福之星必将升起，俄罗斯会从沉睡中惊醒”。这首诗当时当然不可能发表，但是它以手抄本形式广为流传，实际上传播了十二月党人的革命思想。看到普希金这些热烈讴歌自由、抨击专制制度的诗歌，沙皇亚历山大一世极其恐慌，要把普希金流放到西伯利亚去，后来由于各方面人士的奔走，从中斡旋，才决定把普希金流放到南方，从此普希金开始了长达六年的流放生活。

但是普希金并没有因为被流放而改变他的政治信念，相反却更加接近十二月党人。他在南方和“第一个十二月党人”弗·拉耶夫斯基有很深厚的友情，拉耶夫斯基的政治思想对普希金发生过很大影响。普希金在南方还会见过十二月党人领袖彼斯捷尔。在南方的四年使普希金在政治思想上更加成熟了。他的革命号角也吹得更加响亮。这些年头，他写了《短剑》、《囚徒》、《我羡慕你啊，你这勇敢的大海之子》等诗，继续表达他对自由的向往，并且用“短剑”来响应西欧蓬勃发展的革命运动，呼吁：

> 惩罚的短剑，你是自由的秘密卫士，
> 你是最高法官，为人们雪耻伸冤。
> 如果宙斯的雷不响，法度的宝剑打盹，
> 　　你就把人们的诅咒和希冀实现……

并且把“短剑”的锋芒直指最高统治当局——皇帝。一八二四年七月普希金被转移到北方普斯科夫省父亲的领地米海洛夫村，过着更加严酷的幽禁生活。翌年发生了十二月党人在彼得堡起义事件。起义被镇压，五个十二月党人领袖被绞死，大批十二月党人被流放到西伯利亚服苦役。普希金因在流放中未能参与这一事件，还由于沙皇的绥靖政策而被赦免回到彼得堡。但他的政治信念并不因流放或“赦免”而有所改变。一八二七年著名十二月党人穆拉维约夫的妻子要去西伯利亚寻找流放的丈夫，普希金毅然写了《在西伯利亚矿山的深处》一诗，交由穆拉维约娃带到西伯利亚去。在这首诗中，他鼓励他的十二月党人朋友：

沉重的枷锁将会打碎，
牢狱将变成废墟一片，
自由将热烈地迎接你们，
弟兄们会给你们送上利剑。

从这些诗句中，我们看见普希金虽然历尽人生的艰辛，政治上受到残酷的迫害，但他的政治信念丝毫没有动摇，还是那样坚定。他对自由的追求是百折不挠的。我们从《阿里翁》一诗中也可以看见普希金如何忠实于十二月党人的信念。他把自己比喻成和十二月党人同乘一条小船的歌手。小船遇到了风暴，舵手和水手们都不幸遇难，他这神秘的歌手被风浪抛上了海岸，但他“仍然高唱从前的颂歌，在一块嵯峨的岩石下面”，把浸湿的衣裳晒干。《纪念碑》是诗人逝世前不久写成的。这是诗人对自己一生的总结。就在这首诗中，我们仍然听见诗人在高唱自由的颂歌，仍然听见诗人对那个黑暗年代发出严厉的诅咒。可以说，普希金对专制制度的憎恨，对自由的追求是自始至终贯穿其一生的，他至死都没有和专制制度妥协，他不愧是十二月党人和一切进步贵族知识分子的忠实代言人。

有关“诗人”的主题在普希金的诗歌中占有重要地位，虽然这类诗歌的数量不是很多。我们可以举出诸如《致娜·雅·普留斯科娃》、《书商和诗人的谈话》、《先知》、《诗人》、《诗人和群俗》、《致诗人》、《纪念碑》这样一些作品。普希金在这些诗中阐明了诗人的天职，诗人的崇高品格和诗人应具有的主观条件等问题。

普希金在《纪念碑》一诗中指出，他之所以能世世代代为人民所喜爱，是因为他曾用诗琴（即诗歌）唤醒人们善良的心，“在我这严酷的时代，我讴歌过自由，为那些罹难的人祈求过同情”。这就指出了诗人的创作并不是脱离人民而去吟风弄月，去抒发个人的欢乐或悲愁，甚至无病呻吟。作为一个诗人，应该用他的诗去和社会的罪恶作斗争，用他的诗去启迪、激发人们美好的感情，同时用他的诗去讴歌世界上的美好事物，净化人们的灵魂。这样的艺术观在当时是十分难能可贵的。正是由于具有这种正确的艺术观，才使普希金成为一个站在时代前列的伟大诗人，他的诗才能突破俄罗斯诗歌古典主义和消极浪漫主义的樊篱，成了鼓舞人们和专制制度作斗争的武器。关于诗歌的社会职能问题，在《先知》一诗中也有明确的表现。普希金把诗人的地位提高到先知的高度，要求诗人“走遍天涯海角，用话语去把人们的心点燃”。

列宁说过：“在以金钱势力为基础的社会中，在广大劳动者一贫如洗而一小撮富人过着寄生生活的社会中，不可能有实际的和真正的‘自由’。……资产阶级的作家、画家和女演员的自由，不过是他们依赖钱袋、依赖收买和依赖豢养的一种假面具（或一种伪装）罢了。”①同样，在沙皇黑暗统治下的十九世纪俄国，也是没有创作自由的。一个诗人要么为钱袋写诗，或者做一个御用诗人，为统治阶级唱颂歌，写些无聊作品迎合贵族老爷们的口味；要么独立不羁，投身到解放运动中去，用自己的诗去鼓舞人们的斗志，向人民揭示获得自由的真理，这样，他就得准备被流放、坐牢，甚至上绞架。普希金正是选择了后一条道路。普希金是一位正直的诗人，他高傲地宣布：

我不想用谦和而高贵的诗琴
去颂扬那些人间的神明，
我以自由为骄傲，对权贵们
决不巴结讨好、阿谀奉承。
我只学习将自由讴歌，
我的诗篇只为它奉献，
我生来不是为愉悦帝王，
我的缪斯一向羞于颂赞。
…………
我那不可收买的声音
是俄罗斯人民忠实的回声。
——《致娜·雅·普留斯科娃》

在小叙事诗《英明的奥列格之歌》中，普希金也借星相家之口表明了他的创作态度。星相家毫不含糊地表明：“星相家何惧

① 见列宁：《党的组织和党的出版物》，载《列宁论文学与艺术》，人民文学出版社1983年版，第71页。

有权有势的王公，他们也不要大公赏赐的厚礼；他们善知未来的舌头自由而公正，它惟有一心听从上天的旨意。”星相家的这段独白和上述《致娜·雅·普留斯科娃》一诗的意思是一样的。普希金认定，要做一个正直的诗人，这诗人的声音是不可收买的，诗人在任何压力下都不低头，他只服从真理，他是人民的代言人。普希金在许多诗歌中都表明诗人应“走自己的路”，“不必看重世人的爱戴”，也不必理会“愚人的评判，群俗的冷笑”。普希金并不是蔑视群众，他蔑视的是那些御用文人和权贵。他很高傲，但这高傲是对着统治阶级的，“他昂起那颗永不屈服的头颅，高过亚历山大石柱之上”，因此他的高傲才显得越发可敬。普希金对统治阶级的蔑视以及对待诗歌创作的严肃态度使他成为一个千古流芳的诗人。

爱情诗在普希金的诗歌创作中占有重要地位。普希金一生写下数以百计的爱情诗，是留给后世的宝贵诗歌财富。普希金的爱情诗都是有感而发，而不是凭空吟诵风花雪月，因此感情都非常真挚。诗人对待女友从来非常真诚，绝无虚情假意，就是这点真挚的情感为后人所看重，也是他的爱情诗的价值所在。

诗人只活到三十七岁，然而由于他不平凡的经历，先后生活在莫斯科、皇村、彼得堡、基什尼奥夫、敖德萨、米海洛夫村，后来又回到彼得堡和莫斯科，在短短的一生中接触过许多女性，因此对他所仰慕的女友产生好感或爱情也就是情理之中的事了。由仰慕或爱情而产生爱情诗，表现的是诗人在友谊和爱情中的真实感受。这些诗歌有的表现诗人对美好情感的憧憬，有的倾吐对女友的爱慕，有的表现对女友的思念，有的回忆他的爱情生活，有的抒发和女友共享的欢乐或分别的离愁……

其情感十分热烈丰富、深沉细腻，而由于这些诗篇都是出自内心的真实情感，因而体现出一种内在的美。别林斯基在评论普希金抒情诗的时候说："爱情和友谊几乎总是一种最能驾驭诗人的感情，这种感情也就是他的整整一生幸福与痛苦的直接的来源……普希金的诗歌的总的色彩，尤其是他的抒情诗——就是人的内在的美以及使心灵感到欢欣的人道精神。对这一点我们还得补充：假如人的一切感情就其本质来说，因为它是人的（不是畜生的）感情，从而是美的话，那么在普希金的笔下，一切感情因为都是高雅的感情从而就更加美……在他的每一首诗的基础里所包含的每一种感情，本身都是高雅的、和谐的与技能高超的……在普希金的任何感情中总有一种特别高贵的、亲切的、温柔的、芳香的与和谐的东西。"①

举例来说，在普希金的爱情诗中有一组"巴库宁娜情诗"，包括《是的，我有过幸福》、《给她》、《秋天的早晨》、《哀歌》、《月亮》、《致莫耳甫斯》、《只有爱情才是淡泊人生的欢乐》、《愿望》、《欢乐》、《梦醒》等诗。这些诗都是献给普希金在皇村学校中一个同学的姐姐、宫中女官叶卡捷琳娜·巴库宁娜的。巴库宁娜出身于贵族世家，一八一五年和一八一六年常来皇村看望她弟弟和消夏，参加过皇村学校的舞会，因而结识了许多皇村学校的学生。巴库宁娜身材优美、眼睛明亮、举止稳重端庄，赢得许多皇村学校学生的爱慕，普希金是其中的一个，但这只能说是普希金的单相思，他们只是有机会偶尔见面，在河边散散步，并没有深交。不过普希金确实曾为她神魂颠倒，他为巴库宁娜写下二十几首诗，从中我们可以看到普希金那种缠绵的情意、深沉的爱慕。例如《秋天的早晨》：

---

① 见《别林斯基选集》第 4 卷，第 375—376 页。

我在树林里郁郁地徘徊，
念着那绝代佳人的芳名，
我呼唤她——我那孤独的声音
只在远远的空谷里回应。
我浮想联翩，来到河边，
河水缓缓地向前流去，
难忘的倩影不复在水中颤动，
她已离去！……

这首诗非常鲜明生动地描写了普希金在心中的恋人离去之后再也不能相见的心情。他来到他们曾经一起散步过的河边，寻觅恋人留下的踪影，但恋人早已离去，他再也见不到；他呼唤着恋人，但他所听到的只有自己呼唤的回声，于是失望、惆怅、思念之情在胸中澎湃翻腾，一种近乎失恋的感情使诗人无法自已。这种恋情是何等的深沉，心情是何等的哀伤，我们仿佛听到诗人为恋人离去的哭泣！难道这不是一种十分美好而可贵的感情吗？

普希金的爱情诗不仅感情真挚，情意缠绵，更可贵的是他对恋人总抱着一种豁达宽容的态度。他爱人，但决不强求他人的爱，即使他得不到爱，他也依然祝福别人得到爱，祝愿别人幸福美满。这是一种真正的爱，而不是一种占有欲。这类诗中最典型的要算《我爱过您》一诗：

我爱过您，也许，爱情还没有
完全从我的心灵中消隐，
但愿它不再使您烦恼，
我一点也不想让您伤心。

我默默地无望地爱过您，
为胆怯和嫉妒而暗暗悲伤，
我爱您是如此真挚缠绵，
但愿别人爱您，和我一样。

我们从这短短的八行诗中可以生动地想象到普希金当时的复杂心情。他热烈而真诚地爱上一个女性，但这只是单相思，女方并没有接受他的爱情，他觉得不应该再用自己的爱情去扰乱对方的心，于是祝福对方得到另一个人的爱，爱得像他爱她那样真挚。这种感情是那么真实、诚挚、崇高，而又带着淡淡的哀愁，令人深深地感动。

普希金的诗歌中还有许多主题，例如友谊主题、阿那克里翁主题、哀歌主题和歌颂大自然的主题等等。他的诗富有人情味，感情细腻，色彩丰富，语言朴素优美，整个浸透着现实，而且散发着地道的俄罗斯风味，这里就不再一一阐述了，相信读者会更好地去体验、理解普希金的诗，从而得到应有的艺术享受和生活的教益。

本书收入普希金抒情诗一百六十五首，约占普希金全部抒情诗的五分之一。对于这个选本，编选者大致是从以下两个方面考虑的：第一，普希金作品，无论是政治思想方面或生活态度方面，包括爱情诗在内，凡思想性、艺术性俱佳，流传广泛的名诗都尽量收入；第二，在题材方面，普希金站在时代前列，为反对沙皇专制制度和黑暗的农奴制而大声疾呼，成为时代的歌手，这是他的诗歌极其重要的一个方面，因此本书适量选取了体现普希金政治观点的重要作品，供读者较全面地了解普希金的一生；爱情诗是普希金作品的一个重要方面，因此普希金爱情诗中的重要作品也尽量收入，其他题材的作品也酌量选收，以较全面地向读者介绍普希金的诗歌，使本书做到既有重点，又照顾到一般，成为一个较好的选本。

必须说明的是，普希金所处的时代毕竟跟我们相距两百多年，那时的俄国还是一个封建农奴制国家，同时又具有欧洲的特点，社会制度和社会风尚、人的观念、生活习惯与我们现代生活相去甚远，时代与国情也和我们完全不同，这是我们在阅读普希金作品时必须充分注意到的，也只有这样，才能正确地理解普希金的作品。对于普希金的作品，我们主要是从中了解诗人，认识那个时代，增长历史知识，从各方面汲取对我们有益的营养，在阅读中得到美的享受，在艺术上得到借鉴。这样我们才能从普希金的诗歌中得到最大的教益。

冯 春

# 目　次

## 1813



## 1814



## 1815

## 1816

## 1817(皇村学校)



## 1813—1817



## 1817(皇村学校之后)



## 1818



## 1819

## 1820(彼得堡)



## 1820(南方)



## 1821

## 1822



## 1823



## 1824(米海洛夫村)

## 1825



## 1826

**1820—1826**



**1827**



**1828**

## 1829

## 1830



## 1832



## 1833

**1834**



**1835**



**1836**

# 1813

## 致娜塔丽亚[①]

为什么我不敢说出这一点?
马尔戈迷住了我的心[②]。

一次偶然的机会,我了解到
丘比特[③]究竟是个什么人;
我那热烈的心灵迷醉了;
我堕入了情网——我必须承认!
幸福的时光如飞逝去了,
那时候,我不懂得爱情的苦痛,
只是虚度光阴,把歌儿唱唱;
那时候,我像仄费洛斯[④]那轻风
飘翔在戏院里和盛大的舞会上,
飘翔在游艺会和娱乐场之中;
那时候,我恶意地嘲笑爱神,
对于那些可爱的女性
写了许多讽刺的诗文;
可我的嘲笑实在是白费劲,
到头来自己落入了情网,
自己呀,唉! 就像发了疯。
嘲笑和自由——都给我滚开吧,

现在我的角色是塞拉东⑤！
而不再是那严厉的加图⑥，
我看见了娜塔丽亚美妙的玉容，
就像那可爱的女祭司塔利亚⑦，
于是丘比特飞进了我心中。

　娜塔丽亚！我必须向你承认，
你已经使我如痴如醉，
我还是第一次倾心于女性的
美丽，说来实在是惭愧。
一整天，尽管忙得团团转，
我心中也只记挂你一个人；
夜幕降临了——在虚幻的梦想中，
我看见的也只有你的倩影，
我看见可爱的人儿仿佛和我
在一起，穿着轻柔的衣衫，
那娇喘是多么羞怯、甜蜜，
洁白的胸脯使白雪黯淡，
在我面前不停地晃动，

---

① 这首诗是现存最早的普希金皇村学校时期诗作，写给皇村 B.B. 托尔斯泰农奴剧院的女演员。
② 题词摘自法国 18 世纪作家德 · 拉克洛的讽刺诗《致马尔戈》。
③ 希腊神话中的爱神。
④ 希腊神话中的西风神。
⑤ 法国 17 世纪作家于尔菲小说《阿斯特雷》中的主人公，一个多情的牧童。
⑥ 加图（前 234—前 149），古罗马政治家和作家。
⑦ 希腊神话中缪斯之一，主管喜剧。

她那双明眸半睁半闭，
还有静谧夜晚的深沉夜色——
这一切都使我狂喜不已！……
我单独在凉亭和她在一起，
看见……那纯洁的百合花①，
我颤栗，苦恼，目瞪口呆……
于是惊醒了……只看见黑暗
笼罩着我那孤独的卧榻！
我发出一声深深的叹息，
那懒洋洋的睡眼蒙眬的春梦
已展开双翼远远地飞去。
我的恋情变得愈加热烈，
由于为爱情所苦苦折磨，
于是我变得越来越虚弱。
我的心时刻都在向往着……
向往着什么？——我们当中
谁也不会公开对太太们叙说，
只是这样那样敷衍应付，
我则照自己的办法去说明。

所有钟情的男人都想要
领略一下没有领略过的事；
这是他们的特性——真叫我惊奇！

---

① 喻女性的胸脯。

我倒愿意做个菲立蒙①，
身上裹着宽大的长衣，
神气活现地歪戴着帽子，
到傍晚时分，形影不离，
拉着安纽塔的纤手去散步，
悄悄地对她说：她是我的！
对她把爱情的苦恼倾吐。
我倒愿意让你像娜佐拉②
那样，用你多情的目光
竭力向我示意，叫我留下。
我也愿意做白发的老头——
轻飘可爱的罗丝娜③的监护人，
被命运抛弃的苦恼的老汉，
戴着假发，还披着斗篷，
把那滚烫的无礼的右手
伸向雪白而丰满的酥胸……
我倒愿意……可是一只脚
难以跨过茫茫的海洋，
虽然我是那么热烈地钟情，
但我已永远离开了你，
从此失去了所有的希望。

---

① 菲立蒙和安纽塔是俄国18世纪剧作家阿勃列西莫夫歌剧《磨坊主——魔法师、骗子和媒人》中的人物。

② 意大利作曲家萨基尼（1730—1786）歌剧《被愚弄的守财奴》中的人物。

③ 罗丝娜和她的监护人是法国18世纪喜剧作家博马舍喜剧《塞维利亚的理发师》中的人物。

然而，娜塔丽亚！你并不知道
谁是你的多情的塞拉东，
你也还没有好好地领会
为什么他不敢对你凭空
存着希望。哦，娜塔丽亚！
让我再向你倾吐苦衷：

我不是主宰宫闱的帝王，
我不是黑人，也不是土耳其人。
你可不能那样对待我，
像对待彬彬有礼的中国人，
像对待粗暴无礼的美国人。
也不要把我看作德国佬，
头上戴着椭圆形的便帽，
手里拿着杯子，斟着啤酒，
嘴里还把烟卷儿叼牢。
不要把我看作近卫军，
戴着铜盔，佩带着长刀。
我不喜欢隆隆的炮声：
我不让长剑、马刀和斧头
为了亚当那样的罪孽
束缚住我的自由的手脚。

“你究竟是谁，絮絮叨叨的多情人？”
瞧瞧你面前那高高的围墙吧，
那里是沉静的永久的黑暗；

瞧瞧你面前那拦住的窗户吧，

瞧瞧那边燃起的灯火……

你就知道我是个修士[1]，娜塔丽亚！

---

① 普希金曾把皇村学校喻为修道院，因此说他这个学生是个修士。

## 1814

# 致诗友[①]

阿里斯特[②]！ 你也登上了帕耳那索斯！
你竟想制服桀骜不驯的珀伽索斯；
为了桂冠，你竟匆匆走上危险的路途，
并且大胆地同那冷酷的批评为敌！

阿里斯特，听从我吧，放下你的笔墨，
丢开那些小河、树林和凄凉的坟茔，
在冰冷的诗歌中别燃起爱情之火，
快下来吧，免得有朝一日跌下高峰！
没有你，现在和将来也有够多的诗人，
诗作不断印行，世人却将忘记他们。
也许在这个时候，远离尘世的喧闹，
和愚蠢的缪斯永远结下不解之缘，
另一部《泰雷马克颂》的作者[③]正藏在
密涅瓦神盾投下的宁静清荫下边[④]。
你该为那些糊涂诗人的命运而颤栗，
他们总用一大堆诗歌把我们闷死！
后世的人对待诗人确实十分公正，
在那品都斯山[⑤]上，既有月桂也有荆棘。
你应该害怕耻辱！ 你想想该怎么办，

如果阿波罗[⑥]听见连你也爬上赫利孔，
会带着轻蔑摇摇他披着鬈发的头，
拿出挽救的藤鞭来奖励你的才能?

可是，怎么样? 你皱起眉头准备回答。
“随便吧，”你对我说，“别说那些废话，
我一旦下定决心，就不再后退半步，
告诉你，我这是命中注定要选择诗琴，
让全世界爱怎么评判就怎么评判，
愤懑、狂叫、谩骂吧，我反正是个诗人。”

阿里斯特，会凑凑韵脚，耍耍笔杆，
丝毫不怕浪费纸张，这可不是诗人。
优秀的诗篇可不是那么容易写成，
好像维特根施泰因[⑦]打败那法国兵。
德米特里耶夫、杰尔查文、罗蒙诺索夫[⑧]，

---

① 这是普希金生平第一次发表的作品，可能是写给他的同学丘赫尔别凯的。

② 这是喜剧中常用的名字，按希腊文的含义，有“优秀的”意思。普希金用来作为缺少天赋的诗人的名字。

③ 《泰雷马克颂》的作者指俄国作家特烈季亚科夫斯基，他用俄语改写了法国作家费奈隆(1651—1715)的小说《泰雷马克历险记》，取名为《泰雷马克颂》。此处含讽刺意。另一部《泰雷马克颂》的作者指丘赫尔别凯。

④ 密涅瓦神盾的清荫指学校。密涅瓦是罗马神话中的智慧女神，即希腊神话中的雅典娜。

⑤ 希腊境内的山脉，帕耳那索斯山和赫利孔山都在这里，亦指阿波罗和缪斯的灵地。

⑥ 希腊神话中的太阳神，主管光明、青春、医药、畜牧、音乐和诗歌等。

⑦ 维特根施泰因(1769—1843)，俄国将军，1812 年卫国战争的参加者。

⑧ 德米特里耶夫(1760 —1837)，俄国感伤主义诗人。杰尔查文(1743—1816)，俄国古典主义诗人。罗蒙诺索夫(1711—1765)，俄国学者、诗人，莫斯科大学的创办者。

这些不朽的诗人，俄罗斯人的荣光，
给我们提供了精神食粮，教导过我们，
有多少书籍，刚刚问世就立刻夭亡！
名噪一时的里甫马托夫、格拉福夫，
艰涩的比勃鲁斯①，在格拉祖诺夫②那里
腐烂；谁记得他们，谁还读这些胡话？
他们身上打着福玻斯③诅咒的印记。

假定说，你运气很好，登上了品都斯山，
你也可以公正地得到诗人的美名，
那时大家都满意地读着你的诗篇。
你是不是以为，因为你是一个诗人，
财富就源源不断地流向你的身边，
你已经可以安然享受国家的税赋，
可以在铁柜里储满黄澄澄的金币，
可以高枕无忧，安稳地吃饱睡足？
亲爱的朋友，作家并不是那么有钱，
命运没有赐给他们大理石的宫殿，
他们的铁柜里也没有足赤的黄金：
地下的陋室，阁楼上窄小的房间，
就是他们豪华的宫殿，辉煌的厅堂。

---

① 里甫马托夫、格拉福夫、比勃鲁斯分别影射希赫马托夫、赫沃斯托夫和鲍勃罗夫，他们都是“俄罗斯语文爱好者座谈会”的诗人。里甫马托夫是由俄语“韵脚”一词变来的人名，意为凑韵脚的诗人；格拉福夫由俄语“伯爵”一词变来，普希金以此讽刺他是个智商低下的伯爵；比勃鲁斯由拉丁文 bibere 即“喝酒”一词变来。

② 当时的书商、出版家。

③ 希腊神话中的太阳神，一说是阿波罗。

大家都捧场，可只有杂志养活诗人，
福耳图那[①]的车轮总从他们身旁闪过，
卢梭[②]赤身而来，也赤身进了坟墓的门，
卡蒙恩斯[③]曾和穷人同睡一张小床，
科斯特罗夫[④]无声无臭死在阁楼中，
是陌生人的手把诗人送进了坟墓：
他们饱尝了痛苦，声名只是一场梦。

看样子，你现在似乎有些闷闷不乐。
"怎么，"你说，"你谈论起人来是这么尖刻，
分析起问题来就像另一个尤维纳利斯[⑤]，
别忘记，你是在和我一起谈论诗歌；
你正在和帕耳那索斯的姐妹[⑥]们争论，
为什么自己却用诗歌来对我开导？
你究竟怎么啦？你的神志可是正常？"
阿里斯特，我来回答，你别再唠叨：

我记得，在乡下，有一个年老的教士，
头发已经花白，受到尊敬，生活富裕，
他和世俗的居民在一起，相处和睦，

① 罗马神话中的命运女神，繁荣富庶和幸运的保护神。
② 卢梭(1712—1778)，法国启蒙思想家、哲学家、文学家。
③ 卡蒙恩斯(1524—1580)，葡萄牙诗人。
④ 科斯特罗夫(1750—1796)，俄国诗人。
⑤ 尤维纳利斯(约60—约140)，古罗马讽刺诗人。
⑥ 指缪斯，包括九位文艺和科学女神，帕耳那索斯山是她们的灵地。缪斯一般指诗神、诗歌。

并且早就获得了最大圣贤的名气。
有一次，他去参加婚礼，几杯酒下肚，
傍晚回家的时候，不觉有点醺醺然，
就在这路上，他迎面遇到了几个农夫。
“你好啊，神父老爷，”这些傻瓜对他说，
“你教导过有罪的人，不许我们喝酒，
吩咐我们要永远保持清醒的头脑，
我们都相信你的话，可是你今朝……”
“哦，是这么回事，”神父对这些农夫说，
“我在教堂里怎么说，你们都照着办，
你们的日子过得好，可别学我的样。”

如今我也只好这样回答你的问题，
我一点都不想为自己的罪过解释：
这样的人有福了：他要是不爱好写诗，
无忧无虑地度过平平静静的一生，
不拿自己的颂诗让杂志感到为难，
也不为即兴诗几个礼拜大伤脑筋！
他不喜欢在帕耳那索斯山上散步，
不追逐纯洁的缪斯、热情的珀伽索斯；
拉马科夫[①]拿起笔来，他也不胆战心惊；
他不是诗人，阿里斯特。他快乐而闲适。

但我议论得太多了，我怕让你腻烦，

---

① 拉马科夫指批评家马卡罗夫，《莫斯科墨丘利》杂志的发行人。

这讽刺的笔调也会让你感到难堪。
亲爱的朋友，我现在要提一个忠告，
你可愿意放下芦笛[①]，从此不再吹响？……
请你全面地想一想，好好作出抉择：
出名，固然很好；安闲，更加欢畅。

① 诗歌或诗歌创作的象征。

# 理智和爱情

年轻的达佛尼斯①追赶着多丽达②，
他呼唤着："别跑，别跑，迷人的少女，
只要你说：'我爱你'，我就不再
追赶你，我向阿佛洛狄忒③起誓！"
"别说，别说！"理智对她说。
"对他说：'你真可爱！'厄洛斯④在一旁撺掇。

"你真可爱！"牧女跟着爱神说，
于是他们的心都燃起了爱情，
达佛尼斯跪倒在美人儿脚下，
多丽达垂下了充满爱的眼睛。
"跑呀，跑呀！"理智一再催促她，
可是骗子手厄洛斯说："留下！"

她留下了，于是快乐的牧人
把牧女的手攥在颤抖的手里。
"你看，那边浓密的菩提树下
一对鸽子正拥抱在一起！"
"跑呀，跑呀！"理智一再说，
"学它们的样！"厄洛斯对她说。
美人儿火热的嘴唇上掠过
一丝情意绵绵的微笑，

眼睛里露出慵倦的神情，
一下子投入爱人的怀抱……
“祝你幸福！”厄洛斯轻轻说。
理智哪儿去了？ 他已经沉默。

① 希腊神话中的西西里牧人，牧歌的创造者。此处指牧人。
② 诗歌中常用的女性名字，此处是牧女。
③ 希腊神话中爱与美的女神，即罗马神话中的维纳斯。
④ 希腊神话中的爱神，即罗马神话中的丘比特。

# 哥萨克[①]

有一次，半夜时分，
　　一个勇敢的哥萨克
悄悄走在河岸上，
　　穿过浓雾和夜色。

他歪戴黑色的便帽，
　　灰尘撒满了短衫，
手枪插在膝盖旁，
　　马刀直拖到地面。

忠实的马儿不必催促，
　　稳稳当当向前迈步，
长长的马鬃随风飘荡，
　　它渐渐隐入了远处。

面前有两三座小屋，
　　篱笆已经有点破损；
这条道路通向村子，
　　那条通向葱郁的树林。

“树林里找不到姑娘，”
　　小伙子丹尼斯暗自思量，
“夜晚一到，美人儿

就回自己的闺房。”

这个顿河哥萨克
拉拉缰绳，踢踢马刺，
回过头来像箭一般
向小屋飞奔而去。

月儿躲在云彩里，
给遥远的天空撒下银光；
窗前郁郁地坐着
一个美丽的姑娘。

小伙子看见美丽的姑娘，
心儿扑通扑通直跳，
马儿悄悄绕到左边，
那窗口一会儿就走到。

“天色已经更黑了，
月亮躲进了云彩里，
出来吧，可爱的人儿，快快
给我的马儿喝点水。”

“不！　走到年轻男人的身边
该有多么可怕，
我不敢走出家门，

---

① 这是一首乌克兰民歌。

打水给你饮马。”

“啊！　别害怕，美丽的姑娘，
来和情人亲热亲热！”
“美人儿最害怕黑夜。”
“别害怕，黑夜最快乐！

“听我说，可爱的人儿，没关系，
别装着害怕的样子！
白白浪费可贵的时光，
别害怕，亲爱的少女！

“骑上我的快马，我要
和你一起去远方；
跟我在一起，你会很快乐，
跟着情人到处是天堂。”

少女怎么样？　她低下头，
压下了心中的惊惧，
怯生生地答应一起走，
哥萨克是多么欢喜。

一会儿小跑，一会儿飞奔，
小伙子爱着他的心上人；
他对她忠实了两个礼拜，
第三个礼拜就对她变了心。

# 欢宴的学生[①]

朋友们，悠闲的时刻到来了，
　　周围多安恬，一切静幽幽，
快铺起桌布，快端来酒杯！
　　给我斟一杯吧，金色的美酒！
冒泡吧，杯子里的香槟。
　　那康德、塞涅卡[②]、塔西佗[③]的著作，
朋友们，干吗都放在桌上，
　　让它们一厚册叠着一厚册？
把冰冷的哲人们扔到桌下，
　　我们要把这领地占领；
把博学的傻瓜们扔到桌下，
　　没有他们，方得一醉酩酊。

酒桌上难道会有一个同学
　　仍然保持着神志的清醒？
得快点推举个宴会的主持人，
　　防止发生这一类事情。
为奖励醉汉，他得敬一杯
　　潘趣酒和喷香的掺水烈酒，
而对你们这些斯巴达人[④]，
　　送一杯清水让你们享受！
你喜欢安适和优游自在，

可亲的加里奇，祝你健康[5]！
你是伊壁鸠鲁[6]的亲兄弟，
你的心灵向往着佳酿。
请你把花冠戴在头上，
做我们这个宴会的主持人，
这样，就连所有的皇帝
也会羡慕今天的学生。

伸出手来，杰尔维格！ 你竟睡着了；
醒醒吧，你这贪睡的懒汉！
这可不是坐在讲台下，
拉丁文催着你昏昏入眠。
看吧，你的朋友济济一堂；
美酒整整装满一大瓶，
为我们缪斯的健康干杯，

---

① 这是一首戏仿茹科夫斯基《俄罗斯军营的歌手》的诗作。据普欣说，这首诗普希金是在皇村医院中写成的。诗中提到下列人物：第 2 节写皇村学校教师加里奇；第 3 节写普希金的同学，诗人杰尔维格，大家都知道他懒惰而俏皮；第 4 节写戈尔恰科夫（“尊贵的行为荒唐的浪荡汉”）；“亲爱的同学”一节写后来成为十二月党人的普欣；下一节提到一个皇村学校的诗人，寓言写得很糟，可能是指米哈伊尔 · 雅科夫列夫；下一节写马林诺夫斯基（“浪荡汉中的浪荡汉”）；“我们亲爱的歌手”一节写科尔萨科夫；“著名的罗杰”一节写米 · 雅科夫列夫，他的小提琴拉得很好；最后一节写后来成为诗人、十二月党人的丘赫尔别凯。

② 塞涅卡（约前 4—后 65），古罗马哲学家、戏剧家。

③ 塔西佗（约 55—约 120），古罗马历史学家。

④ 斯巴达人以刻苦禁欲著称。

⑤ 原文为拉丁文。

⑥ 伊壁鸠鲁（前 341—前 270），古希腊唯物主义哲学家，在伦理观上，主张人生的目的在于避免苦痛，使心身安宁，怡然自得，这才是人生的最高幸福。

帕耳那索斯山追求缪斯的诗人。
亲爱的俏皮的朋友，说定了！
把这闲暇时的酒杯斟满！
为你的仇敌，为你的朋友
写出成百的讽刺诗篇。

你啊，风度翩翩的美少年，
尊贵的行为荒唐的浪荡汉！
你是酒神的豪放的祭司，
对于别的，你可以不管！
虽然我是学生，醉了酒，
但我还敬重谦逊的举止，
把泡沫翻腾的酒杯挪过来，
祝福你在战斗中取得胜利。

亲爱的同学，爽直的朋友，
让我们紧紧地亲切地握手，
寂寞像学究一样讨厌，
让我们用美酒把它送走：
我们不是第一次在一起畅饮，
我们也常常为小事争吵，
但只要斟满友谊之杯，
我们立即就言归于好。

你啊，从儿提时候，生活中
就只充满快乐与欢笑，

不错，你是个有趣的诗人，
　　虽然你的寓言写得很糟；
我和你相处无拘无束，
　　我从心里真诚地喜欢你，
让我们满满斟上一杯，
　　说什么理智！　让它去见上帝！

你啊，浪荡汉中的浪荡汉，
　　是为淘气而来到人世，
你敢作敢为，不顾死活，
　　是我披肝沥胆的知己，
让我们把杯、瓶摔个粉碎，
　　为了普拉托夫的健康，
把潘趣酒装满哥萨克帽，
　　让我们再干一杯，把酒喝光！　……

过来点，我们亲爱的歌手，
　　太阳神阿波罗宠爱的人，
请你歌唱心灵的主宰，
　　用那吉他轻轻的乐音。
多么甜蜜啊！　当那优美的乐声
　　流入忧郁心胸的时候！　……
可我要用叹息来表示热情？
　　不！　只有喝醉的人才会欢笑！

著名的罗杰①，现在是不是

---

① 罗杰，当时的著名小提琴演奏家。

拿起你那破旧的小提琴
吱吱嘎嘎地拉动琴弦，
为我们这群酒神助兴？
大家一起合唱吧，诸位，
唱得不整齐，有什么要紧；
声音嘶哑了，也没有关系：
对于醉汉们，一切都称心！

怎么啦？ ……我看见一切都成双，
每个酒瓶都成了两个；
整个房间都在团团转；
眼睛像蒙上昏黑的夜色……
你们在哪儿，同学们？ 我呢？
告诉我，看在酒神的面上……
你们都睡了，我的朋友，
个个伏在作业本子上……
喂，你啊，阴差阳错的作家，
看来你比大家都清醒：
威廉[①]，念念你自己的诗吧，
好让我快点进入梦境。

---

① 威廉，普希金的同学，诗人丘赫尔别凯的名字。

# 致巴丘什科夫[1]

朝气蓬勃的哲学家和诗人，
帕耳那索斯幸福的懒汉，
卡里忒斯[2]娇生惯养的宠儿，
可爱的阿奥尼德[3]诸女神的友伴！
快乐的歌手，你为什么沉默，
不再弹拨那金弦的竖琴？
难道你这年轻的幻想家
竟和福玻斯从此离分？

你已不在拳曲的金发上
戴上芬芳玫瑰的花冠，
在葱茏扶疏的白杨树荫下
也不再有妙龄美人围在身边，
你已不再为健康而干杯，
也不为爱情和酒神而歌唱；
不再采撷帕耳那索斯的鲜花，
只满足于一个幸运的开端；
听不见俄国巴尔尼的歌声了！ ……
唱吧，年轻人！ 泰奥斯的歌手[4]
曾在你心中注入万般温柔。
丽列塔[5]，欢乐岁月的喜悦，
你那迷人的女友就在你身旁：

对于爱的歌手，爱就是奖赏。
赶快调好你诗琴上的琴弦，
在那上面飞舞你灵活的五指，
就像春风吹拂着百花，
请用你那欢乐的情诗，
请用你娓娓动听的情话
把丽列塔唤进你的棚子。
高邈的天空星移斗转，
昏暗的夜空中星光幽微，
就在这遗世独立的幽室，
倾听着天地奇妙的静谧，
我的亲爱的幸运儿啊，请用你
快乐的泪水把美人的胸脯沾湿；
但在你沉醉于爱情的时候，
请你别忘了温柔的缪斯；
世界上没有什么比爱更幸福：
去爱——并用诗琴歌唱它的魅力。

在闲暇时刻，当至爱亲朋
前来拜访，聚集在你的四周，
冒泡的美酒噼噼啪啪，
涌出酒瓶，在餐桌上横流，

---

① 巴丘什科夫(1787—1855)，俄国诗人。

② 希腊神话中的美惠三女神。

③ 诗神缪斯的别名。

④ 指阿那克里翁(约前570—前487)，古希腊宫廷诗人，作品歌颂饮酒和爱情。后来欧洲文学中模仿他的诗体所写歌颂爱情、青春和享乐的抒情短诗通称为“阿那克里翁体”。泰奥斯，阿那克里翁的出生地。

⑤ 巴丘什科夫作品中的女性名字。

你就在嬉戏的诗篇中描写
健谈的宾客围着餐桌
怎样谈笑风生和取乐，
描写冒着白泡的酒杯
和晶莹玻璃撞击时的快活。
客人们用碰杯打着拍子，
用七高八低的声音一起
朗读你那快乐的诗句。

　诗人！　写什么，悉听尊便！
你要大胆地把琴弦弹响，
和茹科夫斯基一起歌唱血战，
歌唱战场上可怕的死亡。
你曾在队列中和死亡相遇，
那时由于命运的作弄，
作为一个俄国人光荣地倒下！
一把寒光闪闪的镰刀
击中你，几乎要了你的命！　……①

　你还可以学习尤维纳利斯，
拿起讽刺针砭作武器，
随时取来讽刺的哨子，
打击、嘲笑世间的恶习，
谈笑间拿出可笑的例子，
如果可能，也帮我们纠正，

① 谁不知道《一八〇七年的回忆》一书！——作者注

但别去惊动特烈季亚科夫斯基，
他总受到干扰，不得安生。
唉！ 就算世上没有这个人，
蹩脚诗人也已经够多，
世上的题材已经不少，
值得你的笔去尽情写作！

　　但是够了！ ……在这个世界里，
我是个默默无闻的诗人，
不敢用芦笛再吹这些小曲。
对不起——请记住我的忠告：
趁你还受缪斯的宠爱，
趁你还燃烧着庇厄里得斯①之火，
你虽被无形的利箭所伤害，
但还不肯就此走向阴曹，
你要把世间的忧烦忘怀。
弹响你的诗琴吧：年轻的奥维德②、
厄洛斯和美惠三女神③曾为你加冕，
阿波罗曾为你调好琴弦。

① 即缪斯。

② 奥维德（前43—约后17），古罗马诗人。因触犯奥古斯都大帝，被流放到黑海托米斯地区，死于该地。代表作《变形记》。

③ 美惠三女神，即卡里忒斯，妩媚、优雅和美丽三位女神的总称。

# 皇村中的回忆[①]

阴沉的夜幕悬挂在
蒙眬睡去的天穹上；
山谷和树丛在悄无声息的静寂中沉睡，
远处的树林在灰白的浓雾中隐藏；
隐隐听见潺潺的流水悄悄流进橡树林的清荫，
隐隐听见风儿轻轻吹来，停在树叶上悄然睡去，
娴静的月亮像一只端庄持重的天鹅
在银白色的云端游弋。

瀑布像一股晶莹的河水
从巉岩累累的山冈上泻下，
那伊阿得斯[②]们在平静的湖面上嬉戏，
激起微微的浪花；
那边，一座座雄伟的宫殿默默地
矗立在圆拱上，直插云霄。
尘世的神祇们是不是在这里欢度太平盛世？
这里可是俄国的密涅瓦的神庙？
这里可是北方的乐土，
山明水秀的皇村花园？
在这里，俄罗斯的雄鹰打败了狮子[③]，
正在太平和欢乐的怀抱中安眠。
那黄金时代已经飞驰而去，
那个时候，在伟大女皇的治理之下，

快乐的俄罗斯名扬四海，
　　在太平中繁荣强大！

　　在这里每走一步都会在心灵中
　　勾起对已往岁月的回忆，
俄罗斯人环视四周将会感叹：
　　“女皇已不在，一切已逝去！”
于是沉思起来，在肥沃的岸边
默默地坐下，倾听风儿的低吟，
流逝的岁月在眼前一一掠过，
　　心儿在甜蜜的欣喜中沉浸。
　　他看见：一座纪念碑④
　　耸立在长满青苔的岩石上，
波浪在四周翻腾，碑顶上有一头幼鹰
　　正展开宽阔的翅膀。
沉重的铁链，还有迅猛的雷电，
在那雄伟的石柱上绕了三匝；

---

① 诗人在皇村学校读书时，由低年级升入高年级必须经过考试，这首诗是教师加里奇出的试题。普希金于 1815 年 1 月 8 日考试时朗诵了这首诗。当时考场上有许多来宾，其中也有著名诗人杰尔查文，他对普希金极为赞赏。1819 年准备出版诗集时，普希金对此诗作了删改，他删去了第 2 节和倒数第 2 节，提到亚历山大一世的地方都作了修改（把“为了信仰，也为了沙皇”改为“为了罗斯，也为了神圣的教堂”，把“但我看见什么？　一个英雄……面带微笑来把冤仇解开”改为“但我看见了什么？　俄罗斯……面带微笑来把冤仇解开”），此外，文字上也作了一些修饰。

② 希腊、罗马神话中的水泉女神，住在河流、湖泊和泉水中。

③ 指瑞典。

④ 指纪念俄国名将亚 · 格 · 奥尔洛夫（1737—1807/08）的纪念碑，奥尔洛夫因在切什梅战役中获胜而获得“切什梅”的封号。

白色的浪涛哗哗地扑打着柱脚，
　　破碎了，激起晶莹的浪花。

　　在郁郁葱葱的松林浓荫中，
　　另一座纪念碑[①]普普通通。
啊，卡古尔河岸，和你相比它多么渺小！
　　可它是亲爱祖国的光荣！
啊，俄罗斯巨人，你们是永世不朽的，
在战斗的暴风雨中你们锻炼成长！
啊，功臣们，叶卡捷琳娜的朋友，
　　你们的美名将世代为人颂扬。

　　啊，名留青史的战乱时代，
　　你是俄罗斯人的光荣的见证！
你目睹奥尔洛夫、鲁缅采夫和苏沃洛夫[②]
　　这些斯拉夫人的威严子孙，
用宙斯[③]的雷霆夺取了胜利；
全世界为他们英勇的战绩而震惊；
杰尔查文和彼得罗夫曾用铿锵的诗琴
　　高声讴歌这些英雄。

　　可是你这难忘的时代也飞逝了！
　　一个新的时代不久后又看见

---

① 指纪念俄国名将彼·亚·鲁缅采夫-扎杜奈斯基（1725—1796）的纪念碑。

② 苏沃洛夫（1730—1800），俄国统帅。

③ 希腊神话中的主神，即罗马神话中的朱庇特。他威力无边，是诸神和人类的主宰。

一场场新的战争和战乱的惨状；
　　黎民的命运原离不开苦难。
那只好战的手掌又挥起血腥的利剑，
上面闪耀着皇帝[1]的狡猾和疯狂；
世界的灾星升起了，一场狂暴的战争
　　很快又放射出可怕的火光。

　　敌人像一股汹涌的急流
　　奔突在俄罗斯人的土地上。
昏暗的草原还沉浸在深沉的梦境，
　　鲜血的热气在旷野里飘荡；
和平的村庄和城市在黑暗中燃烧，
天空被熊熊的大火照得通红，
茂密的森林掩护着逃难的百姓，
　　犁铧生了锈，没有人使用。

　　敌军在进攻——势不可当，
　　一切都摧毁了，化为灰烬，
柏洛娜[2]那些阵亡的子孙，一个个幽灵，
　　结成了一支游魂的大军。
他们不断走进幽暗的坟墓，
有的在静谧的黑暗里流浪在森林中，
但响起了呐喊声，迷茫的远方军队在行进！
　　盔甲和宝剑发出铿锵的和鸣！　……

---

① 指拿破仑。
② 罗马神话中的女战神，战神马尔斯的妻子或姐妹。

颤抖吧，异邦的军队！
俄罗斯的儿郎正开往前线；
老少齐奋起，向顽敌发起猛烈的攻击，
复仇的怒火燃烧在他们的心间。
发抖吧，暴君！　覆灭的时刻已经临近！
你会看见，每个士兵都勇不可当，
他们立下誓言：不是获胜就在战斗中牺牲，
为了罗斯，也为了神圣的教堂。

烈性的战马斗志昂扬，
漫山遍野布满了士兵，
队伍连着队伍，人人敌忾同仇，
胸中激荡着杀敌的热情。
军队奔向残酷的血宴，给刀剑寻找祭品，
战斗打得白热，高地上大炮齐鸣，
烟尘滚滚的空中，刀箭嗖嗖直响，
盾牌上布满了血痕。

双方杀得难解难分，俄国人胜利了！
不可一世的高卢人①在纷纷逃窜；
但是天庭的主宰在战斗中还给那强者
洒下最后一束光线，
白发的统帅②并不在这里叫他灭亡，
啊，鲍罗金诺，血流成河的战场！

---

① 指法国人。

② 指库图佐夫（1745—1813），俄国统帅，1812 年卫国战争的总司令，指挥过鲍罗金诺战役。

高卢人的猖獗和傲气并不就此收敛，
　　唉，他们爬上了克里姆林宫城墙！　……

　　莫斯科，我亲爱的故乡，
　　在我青春年华的清晨，
我在你怀里消磨了多少欢乐的黄金时刻，
　　不知道痛苦，也没有遭到厄运。
你见到过我的祖国的仇敌，
鲜血曾把你染红，烈火曾把你吞没！
但我没有牺牲生命来为你复仇，
　　只是空怀满腔的怒火！　……
　　教堂林立的莫斯科啊！　何处是
　　你的美景，何处是故国的旖旎风光？
从前映现在眼前的雄伟城市
　　如今竟成了一片瓦砾场；
莫斯科啊，你的荒凉使每个俄国人吃惊！
沙皇和王公将相的宫殿都荡然无存，
一切都被大火焚毁，塔顶都黯然无光，
　　富豪的高楼也成了灰烬。

　　从前绿荫如盖的树林和花园
　　掩映着金碧辉煌的殿堂，
那里香桃木[①]散发着芬芳，菩提树婆娑起舞，
　　如今只有焦炭、灰烬和断墙。

---

① 一种常青植物，象征爱情、欢乐、饮宴和悠闲。

在夏日的夜晚，在那美妙的静谧时刻，
人们嬉戏的欢笑声再不会传到那里，
河岸和明亮的树林再不会燃起辉煌的灯火，
　　一切都荒芜了，一切都归于沉寂。

　　宽心吧，俄罗斯城市之母，
　　请看那侵略者的覆亡，
如今造物主已伸出复仇的右手，
　　按下他们那高傲的颈项。
看吧，他们正在逃窜，连回头都不敢，
他们血流成河，把雪地浸润，
逃窜着——在黑夜中遭到饥饿和死亡，
　　俄国人的剑在后面追赶他们。

　　啊，你们都被欧洲
　　强大的民族吓得发抖，
啊，高卢强盗，你们都被投入了坟墓，
　　啊，多么可怕，多么严峻的时候！
你在哪里，幸运和柏洛娜的宠儿？
你曾蔑视信仰、法律和真理之声，
你目空一切，妄想用刀剑推翻各国君主，
　　但你消失了，像拂晓时的噩梦！

　　俄国人进入了巴黎！　复仇的火炬在何处？
　　高卢啊，快低下你的脑袋。
但我看见了什么？　俄国人送来了金色的橄榄枝，

面带微笑来把冤仇解开。
但远处还轰响着战斗的炮声，
莫斯科像北方的草原一样阴沉，
可它带给敌人的不是灭亡，而是援救
和对国土有益的和平。

啊，充满灵感的俄罗斯诗人①，
你曾歌唱过勇猛的大军，
请在你的朋友们当中用你火热的心
弹起黄金铸成的诗琴！
请再次为英雄们流泻出你那和谐的声音，
那震颤的琴弦会在众人心中播下火种，
年轻的士兵会振奋起来，抖擞精神，
在战争诗人的歌声之中。

---

① 指茹科夫斯基。

# 罗曼斯[①]

在一个秋雨绵绵的傍晚，
有个少女行走在野地里，
她那颤栗的双手怀抱着
不幸爱情结下的秘密果实。
森林和山峦是那么寂静，
一切都在黑夜中沉睡，
她怀着恐惧抬起眼睛，
仔细环顾着她的周围。

她叹了一口气，把目光停在
这个无辜的婴儿身上……
“你睡着，孩子，我的心肝，
你不懂得母亲心中的悲伤，
等你睁开眼睛就会痛哭，
你再不能贴近妈的心，
明天你再也尝受不到
你那不幸母亲的亲吻。

“你怎么呼唤她也是枉然！ ……
我的罪孽将成为一生的羞耻，
你永远也不会记得亲娘，
而我却不会把你忘记；

别人会把你抚养成人，
告诉你：‘你不是我家的孩子！’
你会问：‘我的爹娘在何方？’
但你找不到亲人的踪迹。

“我的宝贝在别的孩子中间
将忍受绵绵愁思的痛苦！
一生都怀着忧郁的心情
注视母亲们对儿女的爱抚；
你将孤独地到处流浪，
诅咒这极不公平的世界，
你会听到恶毒的谩骂……
那时候你要宽恕我啊，宝贝……

“也许，你这可怜的孤儿，
会找到并且拥抱你的父亲，
啊！ 他在哪里，亲爱的负心汉，
我至死难以忘怀的心上人？
那时你要安慰那苦命的孩子，
告诉他：‘她已经与世长辞，
劳拉受不了生离死别，
已经抛弃这凄凉的人世。’

“瞧我说了些什么？……也许
你会遇到罪孽深重的母亲，

① 意为爱情故事、抒情诗，音乐上译为浪漫曲。

你悲伤的眼睛会使我惊慌!
亲生的儿子怎能不相认?
啊,但愿我虔诚的祈求
能感动那严酷的命运之神……
但也许我们会当面错过,
我将要和你永远离分。

“不幸的孩子,你在安睡,
最后一次紧偎着我的胸膛,
是这不公正的可怕的法律
判给我们痛苦和悲怆。
趁着年龄尚未驱走你的
欢乐,你睡吧,我的孩子!
生离的悲痛暂时还不会
触动你童年宁静的日子!”

但是树林后边的月亮突然
照亮了她近旁的一座小屋……
她颤抖着抱紧怀里的孩子,
向小屋慢慢地移动脚步;
她弯下腰,轻轻地把婴儿
放在那陌生人家的门口,
恐惧地把目光转向一边,
在黑暗的夜色中悄悄溜走。

# 勒　达[①]

## （颂　诗）

幽暗的小小树林里，飘香的菩提树荫下，
高高的芦苇丛当中，流动着银白色小河，
　　微风轻拂着小河的流水，
　　波浪泛起珍珠般的泡沫，
　　一个含羞的美女脱下衣衫，
漫不经心地把它扔在小河的岸上，
那流水漾起翻腾激荡的碧波，
　　把少女迷人的躯体快乐地摇荡。

　　你这树林里匆匆的居民，
　　请你安静点，啊，小溪！
　　静静地流呵，潺潺的流水！
　　可别惊动这美丽的少女！

　　勒达胆小地瑟瑟颤抖着，
　　雪白的胸脯微微地起伏，
　　波浪不复在她身旁拍响，
　　微风也不敢对着她轻拂。
　　树林停止了簌簌的喧闹，
　　天地在美妙的静谧中沉醉，
　　林神相信了胆怯的波浪，

继续着她那不休的巡弋。

但是岸边的灌木丛里突然响起了声音，
那美丽的少女给吓得心里发了慌；
她不由得颤抖了一下，不敢喘一口气，
这时在依依的垂柳旁出现了鸟类之王。
它展开那骄傲的双翼，
游向美丽的少女——心里充满了欣喜；
它庄重地驱赶着波浪，激起哗哗的浪花，
它搏动着双翼，
时而拳起长颈，
时而谦逊地对着勒达把骄傲的头低垂。

勒达高兴地笑了，
突然响起一声
喜不自胜的欢叫，
多么放荡的场景！
在俊俏的勒达面前，
天鹅俯伏在水里，
又悄然静寂，
那林中的女神，
在柔情中沉醉，
暗地里看见了
两个天神的奥秘。

---

① 希腊神话中斯巴达国王丁大来的妻子，宙斯曾迷恋她的美丽，变成天鹅向她求爱。

妙龄的美女终于清醒了过来，
她睁开平静的眼睛，懒洋洋地叹息，
她看见了什么？——在鲜花铺成的卧榻上，
她安静地躺在宙斯的怀里；
　　年轻人的爱情在他们的胸中激荡，——
那迷人的良辰美景已为他们从天而降。

你们要接受这样的教训，
玫瑰花儿，美丽的女郎，
要当心哪，在夏天的傍晚，
在幽暗树林里的小河上：

在那幽暗的树林里，
热情的厄洛斯常在那里躲藏，
他随着清凉的河水奔流，
把他的箭藏在浪花中间。

你们要接受这样的教训，
玫瑰花儿，美丽的女郎，
要当心哪，在夏天的傍晚，
在幽暗树林里的小河上。

# STANCES①

您曾否见过娇柔的玫瑰?
春回大地时,它蓓蕾初放,
它是明媚春日的爱女,
它是甜蜜爱情的形象。

如今叶芙朵季雅正出落得
像它一样,也许还要娇艳,
春天屡屡看到她盛开,
俏丽、娇嫩,像它那样绚烂。

可是,啊,那狂风和暴雨,
这些严冬的残暴的儿子,
很快就在我们头上咆哮,
冻结了江河、土地和空气。

再没有花朵,再没有玫瑰!
那爱情的可亲可爱的闺女,
刚刚开放,便枯萎凋落了,
那明媚的春日就这样逝去!

叶芙朵季雅!爱吧!时光不等人,
珍惜您这快乐的华年,

到我们老境凄凉的时候，

难道能见到爱情的火焰？

① Stances（斯坦司），一种四行诗体。此诗用法文写成。

## 1815

# 致娜塔莎

美丽的夏日枯萎了，枯萎了，
明媚的日子正在飞逝；
夜晚升起的潮湿浓雾，
正在昏睡的夜色中飞驰；
肥沃的土地上庄稼收割了，
嬉闹的溪流已变得冰冷；
葱茏的树林披上了白发，
天穹也变得灰暗朦胧。

娜塔莎，我的心上人，你在哪儿？
为什么看不见你的倩影？
难道你不愿意和心上的人儿
共享这仅有的短暂的光阴？
无论在波光潋滟的湖面上，
无论在芬芳的菩提树荫里，
无论是早晨，无论是夜晚，
我都看不见你的踪迹。
冬天的严寒很快很快
就要把树林和田野造访，
熊熊的炉火很快就要

把烟雾腾腾的小屋照亮。
我啊看不见这迷人的少女，
独自在家里暗暗地伤感，
像一只关在笼子里的黄雀，
只把我的娜塔莎思念。

# 致李锡尼[1]

李锡尼，你可曾看见，年轻的维杜里[2]
头上戴着桂冠，身穿绛红的宽袍，
神情傲慢地斜躺在飞快的马车上，
穿过密集的人群奔驰过通衢大道?
你看，大家都对他谦卑地鞠躬致敬，
你看，卫士们都在驱赶不幸的人民!
一长串谄媚者、元老院议员和美女
用一双双媚眼瞧着他，都那么恭顺；
他们颤栗着捕捉他的一笑和顾盼，
就像在等待诸神降下奇妙的祝福，
无论幼小的儿童还是白发的老叟，
都默默地在这偶像前面跪拜俯伏：
对于他们，那在泥泞上留下的车辙
也是一种可敬而且神圣的纪念物。

啊，罗慕路斯[3]的人民，你倒下很久了吗?
是谁把你们奴役，用强权制服你们?
堂堂的公民竟然受到重轭的压制。
啊，苍天，谁的，你们都成了谁的顺民?
(要我说吗?)是维杜里！祖国的耻辱，
一个淫荡少年竟登上成人的议院；
暴君的宠儿竟把软弱的元老院统治，

给罗马戴上枷锁，损害祖国的尊严；
维杜里做了罗马皇帝！……啊，耻辱，啊，时代！
莫不是整个世界遭到了灭亡的灾难？

但那是谁在柱廊下面低着头行走，
披着破烂的斗篷，拄着行路的手杖，
满面愁容正穿过熙熙攘攘的人群？
“达梅特[④]，真理的朋友，哲人，你去何方？”
“我漫无目的，我早已看到，并且沉默，
我憎恨奴役，要离开罗马，永不回还。”

李锡尼，我的好朋友！ 我们不也可以
恭顺地向福耳图那和理想膜拜，
学习那白发的犬儒主义者的榜样？
不也可以把这个淫乱的城市远远抛开？——
无论法律、正义，还是执政官、护民官，
甚至荣誉、美色，这里一切都可以买卖。
让格莉采丽亚[⑤]那个年轻的美人儿
像公用的酒杯一样，为公众所享用，
把一些涉世不深的人拉进买卖的网！
我们这些老年人都羞于任意放纵，

① 普希金在这首诗里借古代罗马喻当代俄国。李锡尼是公元前 4 世纪的罗马护民官。
② 李锡尼的宠臣。
③ 传说中罗马城的建立者，王政时代的第一王。
④ 诗中虚拟的名字。
⑤ 诗中虚拟的娼妓名字。

让爱虚荣的青年去尽情寻欢作乐，
让无耻的克利特①，权贵的奴仆高奈里②
去兜售自己的卑鄙，厚颜无耻地
在达官和富豪的府第间爬来爬去！
我的心属于罗马，自由在胸中沸腾，
我的胸中伟大民族的精神没有沉睡。
李锡尼，让我们赶快远远地离开
这忧虑、没头脑的贤士，骗人的美女！
我们蔑视心中忌妒的命运的打击，
把祖国先人的神灵迁移到乡村去！
在古老树林的清荫之中，在大海边，
我们不难找到僻静而明亮的居室，
在那里我们不必担心世人的扰乱，
可以在幽静的山林深处安度晚年，
那里，我们可以安坐在舒适的一角，
对着小小壁炉里熊熊燃烧的木片，
一边啜饮陈年美酒，一边回忆往事，
用无情的尤维纳利斯精神来激励自己，
用严正的讽刺诗描绘人间的恶行，
向后代揭露这个时代的风尚习气。

啊，罗马，充满淫荡和暴行的骄傲之邦！
报复和惩罚的可怕一天终会到来。
我已预见到这种威严强盛的末日：

①② 诗中虚拟的名字。

这世界的王冠就要滚落，滚落尘埃。
一些年轻的民族，野蛮争战的儿子，
他们强大的巨掌将对你举起刀剑，
这些民族将会越过千重山万重海，
像奔腾激荡的大河扑到你的身边。
罗马将会消失，被浓重的黑暗吞没，
于是旅人将视线投向这一堆废墟，
将会沉浸在郁悒的思索中，感叹说：
“罗马生为自由之邦，却毁于奴役。”

# 致巴丘什科夫[①]

从前当我刚刚出生
在赫利孔的山洞里，
为了对阿波罗表示崇敬，
提布卢斯[②]给我洗了礼，
从小哺育着我的是那
灵泉——清澈的希波克林[③]，
我在春天的玫瑰花丛下
成长为一个诗人。

赫耳墨斯快乐的儿子
很喜欢我这孩儿，
在金色的活泼的童年，
送给我一支芦笛。
我和它早就相识，
我不停地吹着这笛子，
虽然我吹得不合拍，
但缪斯并不嫌弃。
啊，你这颂赞娱乐的歌手，
波墨斯河女神[④]的友伴，
你对我抱着热望，
要我疾飞在荣誉的诗坛，
要告别阿那克里翁，

跟着马洛的诗篇，
在诗琴的伴奏底下
讴歌战争的血宴。

福玻斯给我的不多：
有限的才能，一点儿愿望。
我远离自己的家园，
在异乡的天空下歌唱，
我怕和鲁莽的伊卡洛斯⑤
一起飞行实属必然，
我不怕艰辛，将走自己的路：
让人人行事凭自己的心愿。

---

① 这首诗是普希金 1815 年 2 月在皇村学校和巴丘什科夫会见后写成的。

② 提布卢斯(约前 54—前 19)，古罗马诗人。他的诗全部用哀歌体格律写成，主要是爱情诗。

③ 希腊神话中的灵泉。飞马珀伽索斯的蹄子踏过的地方有泉水涌出，此水能启发诗人的灵感。

④ 波墨斯河是发源自赫利孔山的一条河流，波墨斯河女神指缪斯。

⑤ 希腊神话中代达罗斯的儿子，他和父亲被关在克里特的迷宫里，父子二人身上装着蜡制双翼逃出克里特，伊卡洛斯因飞近太阳，蜡翼融化，坠海而死。

# 厄尔巴岛上的拿破仑(1815)

晚霞的余晖在大洋的深处燃尽，
幽暗的厄尔巴岛上一片寂静，
朦胧的月亮在淡淡的云层当中
　　缓缓地穿行；
浓重的黑暗笼罩着灰蒙蒙的西方，
天际连着海面，一片迷蒙。
昏暗的夜色中一座荒凉的悬崖上
　　独坐着拿破仑。
这匪徒正处心积虑，阴谋叛乱，
想把欧罗巴重新套上枷锁，
他目光阴森，遥望着远方的海岸，
　　恶狠狠地轻声说：

“万物都在酣梦中安享良宵，
汹涌的大海沉浸在茫茫的雾中，
没有一只破船在海上漂动，
没有饥饿的野兽在墓地嗥叫——
只有我，作乱的念头在胸中翻腾……

“啊，这一天能否早日到来，
平静的海洋将在海轮下翻腾，
送我出走，打破这深海的寂静？……

夜啊，在厄尔巴岛上激荡起来！
月亮啊，更深地躲进阴沉的云层！

“无畏的卫队在那里等着我到来。
他们已经集合，正整装待发！
全世界都戴着枷锁，俯伏在我脚下！
我将出现，通过黑暗的大海，
重新以毁灭性风暴扬威天下！

“战争将爆发！　紧跟着高卢的雄鹰①，
胜利将手持宝剑突飞猛进，
鲜血的河流将在谷地上沸腾，
我将用炮火推翻各国的王政，
我将亲手摧毁欧罗巴的神盾！　……

“但万物都在酣梦中安享良宵，
汹涌的大海沉浸在茫茫的雾中，
没有一只破船在海上漂动，
没有饥饿的野兽在墓地嗥叫，
只有我，作乱的念头在胸中翻腾……

“啊，幸福！　万恶的诱惑者，
风暴之中我的秘密的保护神，
从少年时代起你忠实地抚育我，

---

① 高卢指法国，高卢的雄鹰指法国拿破仑的军旗。

如今你已经美梦般消隐!
曾几何时，你通过隐秘的计谋
引导我执掌至高的皇权，
又用你果断大胆的手
在我荣耀的头上加冕!
曾几何时，垂下庄严的旗帜，
各民族人民小心翼翼，
颤抖着将自由向我奉献；
在我的四周炮火弥漫，
荣誉闪着光在我的头上
飞翔，展翅在我头上盘旋? ……
但可怕的乌云压上莫斯科城墙，
复仇的炮火雷鸣电闪! ……
北方的年轻沙皇! 你调动了军队，
从此死亡便追随着血染的旗帜，
一代英豪终于被击溃，
人间太平了，上天也欣喜，
而我得到的是耻辱加发配!
我那铿锵的盾牌被击毁，
沙场上我的头盔不再闪亮，
我的剑被扔在河边草地上，
迷雾中已不再发光。
周围一片死寂。在夜的寂静中，
我枉然感觉到死神发出的哀鸣，
闪光的宝剑发出的碰击声
阵亡将士难忍的呻吟——
饥渴的耳朵只听到拍岸的涛声；

　　熟悉的喊杀声已经沉默，
　　杀敌的炮火不再发射，
　　复仇的火炬也不复升腾。
但时候到了！　命定的时刻已临近！
秘藏着君王的大船就要起航；
　　周围的夜色更加深沉，
　　脸色煞白的叛乱之神
闪动着死亡的目光，安坐在甲板上。
战栗吧！高卢！欧罗巴！复仇，复仇！
痛哭吧，你大难临头，一切将化为灰烬，
一切都将毁灭，付诸东流，
　　我将在废墟上成为新君！”

说完了。天空中仍然一片黑暗，
月亮飘出了远方乌云的帷幔，
将它微弱的闪光投向西方；
东方的星辰在海洋的上空闪现，
厄尔巴岛险峻的悬崖下一艘大船
　　正在雾霭中劈浪起航。
啊，强盗，高卢竟把你迎进；
合法的帝王一个个仓皇逃窜。
但你看见了吗？　白日已经过尽，
　　黑暗刹那间遮盖了霞光。
茫茫的大海上笼罩着一片寂静，
天空阴暗，风暴在乌云中积聚，
万物沉默着……战栗吧！　死神已来临，
　　你的命运尚不得而知！

# 致普欣
## （五月四日[1]）

我亲密无间的寿星，
啊，亲爱的普欣!
一个隐士来向你祝贺，
怀着一颗坦诚的心；
出来和我拥抱吧，
但不必敞开大门，
以隆重的礼节欢迎
我这善良的诗人。
这客人不拘礼节，
不需要殷勤备至、
虚假的繁文缛礼；
请接受他的亲吻
和他那纯真的祝愿——
它出自诚挚的内心!
为客人摆下酒宴吧；
在打好蜡的小桌上
摆上带把的啤酒杯，
让高脚杯和它成双。
我的多年的老酒友!
让我们暂时忘掉一切。
今天，让我们心中

智慧的灯盏熄灭，
让双翼的时间老人
飞驰得快些再快些！
只有在纵情欢乐中
流失的瞬间才显得贵重。

　　知心的朋友，你多幸福：
在金子般的宁静里
你一日复一日度过
无忧无虑的日子，
你在优雅的谈论中
不知道人间的厄运，
你像贺拉斯②一样生活，
虽然你不是个诗人。
在并不富裕的家庭里，
你从来无缘结识
脸色阴沉的神父
和不祥的希波克拉底③；
在你家门口你不会
遇到成堆的愁苦，
只有快乐和厄洛斯
才找到去你家的道路；
你喜欢碰杯的声音

---

① 5 月 4 日是普欣的生日。普欣（1798—1859），普希金在皇村学校的同学，十二月党人，后被流放到西伯利亚。

② 贺拉斯（前 65—前 8），古罗马诗人。

③ 希波克拉底（约前 406—前 370），古希腊医师。此处作一般医师解。

和烟斗浓浓的烟雾，
而那作诗狂的恶魔
也没来逼着你吃苦。
在这方面你真幸运；
你倒说说，还有什么
我该向朋友祝愿？
看样子我只得沉默……

愿上帝保佑我和朋友们
迎接第一百个五月，
在我双鬓染霜的时候
还能够向你吟诵：
“斟满我们的酒杯！”①
我的忠实的旅伴，
愿欢乐伴随你的一生！
让我们在碰杯声中
走完人生的旅程！

① 引自巴丘什科夫《我的家神》一诗。

# 梦幻者[①]

月亮在空中遨游，
　　山冈上月色朦胧，
湖面上落下寂静，
　　山谷里吹来晚风，
僻静幽暗的树林，
　　春天的歌手沉默着，
畜群在田野憩息，
　　午夜悄悄地飞过；

安适宁静的一角，
　　裹上深夜的幽暗，
壁炉的柴火熄灭了，
　　蜡烛也已经点完；
朴素的神龛里面，
　　供奉着家神圣像，
泥塑的家神前面，
　　神灯闪耀着微光。
斜倚着孤独的卧榻，
　　我把头靠在手上，
我想得深深出了神，
　　沉浸于甜蜜的遐想；
自由翱翔的梦幻，

借着溶溶的月光，
在神奇的夜幕底下
成群地从天而降，

歌声轻轻地回旋；
金色的琴弦在震颤。
在夜阑人静的时刻，
歌唱着梦幻的少年；
满怀隐秘的忧伤，
心儿在沉默中激奋，
灵巧的五指飞舞在
生气蓬勃的诗琴。

幸福是不在陋室里
向上苍祈求运气！
宙斯是可靠的卫士，
保佑他躲开暴风雨；
他享用着慵懒的舒适，
沉浸在恬适的梦境，
惊天动地的军号
也不能把他惊醒。

让荣誉敲响盾牌，

---

① 这首诗有意和茹科夫斯基的《俄罗斯军营的歌手》对照，作为对此诗的回答。普希金在诗中表示自己是一个追求安宁的梦幻者，无意追求军人的荣誉。

摆出威武的雄姿，
伸出沾满鲜血的手
从远处向我怒斥，
让军旗猎猎飘扬，
任血战打得白炽——
唯有宁静最美好，
我决不去追求荣誉。

在荒野宁静的小屋，
我安度宁静的日子；
诸神赐我以诗琴，
这礼物对诗人最珍贵；
忠实的缪斯伴着我：
女神啊，我要赞美你！
有了你，我的小屋
和荒野才更宝贵。

在黄金岁月的清晨，
你就将歌手眷眄，
你在他的头顶上
戴上香桃木的花冠，
你闪耀着天神的光芒，
飞临他简陋的小院，
轻轻呼吸着，俯身
注视着幼儿的摇篮。

啊，我年轻的旅伴，

请陪同我直到墓园!
请带上幻梦，展翅
在我的头上盘旋；
请驱走愁人的哀伤，
用幻象将我迷蒙，
拨开云雾，为我指出
生命的欢乐前程!

临终时我将很平静；
善良的死神来访，
敲着门，轻轻对我说：
“去幽灵憩息的地方!……”
犹如冬晚的美梦
降临宁静的卧房，
戴着罂粟的花冠，
拄着慵懒的手杖……

# 给朋友们的遗嘱

我愿意就在明天死去，
像一个幽灵，带着喜悦，
飞往忘川[1]幽静的彼岸，
进入极乐的奇妙世界……
永别了，生活与爱情中的
欢乐和令人沉醉的美妙！
啊，我的朋友们，让人们的
崇敬与注视快点来到！
歌手决心就这样死去。
就这样，借着晚上的月光，
能不能用一袭绣花的白被单
把花园里的草地盖上？
能不能排起长长的队伍
端着斟得满满的酒樽，
走向幽暗沉睡的湖岸，
在那里我们曾促膝谈心？
把那高傲的塞默勒[2]的儿子，
我们诗琴的朋友厄洛斯，
诸神和世间凡人的主宰
都请来参加送别的筵席。
让快乐之神快快跑来，
手里摇着活泼的拨浪鼓，

为了干这泡沫翻腾的一杯，
逗得我们都欢笑捧腹。
让我们亲爱的缪斯女神
结成嬉戏的一群飞临；
给她们献上第一杯美酒，
朋友们，她们的情意是多么神圣；
诗人的手中不会放下
这群亲密友伴的酒杯，
直到黎明前晨星出现，
直到拂晓时曙光熹微；
我要最后一次把芦笛——
我那甜蜜幻梦的歌女
紧紧拥抱在激动的怀里。
我慵倦而酥软，要最后一次
把死亡和所有的朋友忘记；
最后一次在雪白的胸前
畅饮青春岁月的欢愉！

当淡淡的朝霞在黑暗中出现，
把东方染上一片金黄，
银白的杨树沾满晨露，
也披上一层明亮的霞光，
请给我阿那克里翁的果实，
我从他那里领受了遗愿，

---

① 忘川，希腊神话中冥府的河流，亡灵喝了这条河的水就会忘掉过去的一节。
② 希腊神话中的大地女神。

于是我沿着一条小径，
走向冥河那忧郁的彼岸。
别了，我的亲爱的朋友，
请把手伸过来，让我们再见！
在我永远离开你们之后，
请你们答应，请你们答应我
好好地执行我的遗愿。
来吧，我的亲爱的歌手①，
你曾歌唱捷米拉②和酒神，
我要赠你诗琴和慵懒，
缪斯将翱翔在你的头顶！
你不会忘记我们的友谊，
啊，普欣，浮躁的哲人！
请接受我这满满的一杯
和凋萎的花冠，它用香桃木编成！
在罂粟和百合③编成的卧榻上，
我曾度过慵懒的幸福光阴，
朋友们，我要把这美好岁月的
追忆和心灵留给你们；
我要把诗篇和最后一息
献给遗忘，朋友们，我起誓！

我应该邀请你们都来

---

① 指杰尔维格（1798—1831），普希金皇村学校的同学，诗人。他曾写《酒神》、《致捷米拉》等诗。捷米拉是诗中虚拟的少女名字。

② 诗中虚拟的少女名字。

③ 象征纯洁、坚贞。

参加我的静穆的葬仪；
“孤独清静”的朋友——欢乐
将会把请柬送到你们手里……
你们将头戴花冠手拉手，
大家在这里欢聚一堂，
而在我的棺椁上——诗人
在这里走向赫利孔山林，——
你们流利的刻刀将会镌上：
“这里长眠着年轻的哲人，
阿波罗和恬适生活的子孙”。

## 致年轻的女演员

你不是克莱隆①的继承者，
品都斯山的主人②不是为你
订下他那表演的规则；
上帝没有赋予你许多才艺，
你的嗓子，你那些做功，
你那些默默无言的顾盼，
说实话，都不值得人们
报以热烈的掌声和称赞。
残酷的命运注定了你
只能做一名蹩脚的演员。
但克洛雅③，你却长得很美丽。
斯美赫④到处跟随着你，
应允让情人们快乐欢畅，
于是，你面前摆满了花环，
而且肯定轰动了全场。

你呆板地站在我们面前，
唱得一点也不合节拍，
一开口少不了黄腔走调，
但观众们却为你狂热喝彩。
而我们总是用不知疲倦的手
响亮地拍着，人们狂叫：

“好哇！妙哇！[5] 实在太妙啦！”
所有的人都为美人儿折服，
爱挑眼的观众也不再吹口哨。

当你为这喝彩觉得羞赧，
把自己的双手贴在胸前，
或者把双手举起，又羞愧地
把它们放在胸口上面；
当你嘴里喃喃地说着什么，
向年轻的米隆[6]表白爱情，
但话里却不带一点情感；
或者嘴里干巴巴地喊一声：
“啊！”实际上却无动于衷，
毫无表情地落坐在圈椅里，
红着脸，有点娇喘吁吁，
底下便窃窃私语：“啊！多美！”
唉！ 换了别人，早就是一片嘘声，
美貌的力量真是了不起，
啊，克洛雅，圣人也会撒谎：
世上的一切并非都枉然无益。

克洛雅，用你的美貌去迷惑人吧；

---

① 克莱隆(1723—1802)，法国著名女悲剧演员。
② 品都斯山的主人指伏尔泰。
③ 虚构的名字。
④ 希腊神话中的欢乐之神。
⑤ 这两声喝彩原文为法语。
⑥ 文学作品中常用的情人名字。

要有哪一个爱上你的人
敢于当着你的面歌唱爱情，
那他就有百倍的福分；
要是有人在诗歌里或在舞台上
用散文发誓要热烈地爱你，
你可以回答他，而不必担心
说出有一天会忘恩负义；
谁要是和女演员同台演出，
能够忘记自己的角色，
和她紧紧握手，期望在后台
得到更大的幸运，他就有福了。

# 回　忆①

## 致普欣

我的酒友，你可记得，
在快乐的宁静时刻，
我们曾经把痛苦
在冒泡的美酒中淹没？

可记得，我们默默地
躲在昏暗的角落，
远离学监的监视，
慵懒地和酒神同乐？

可记得，围着潘趣酒，
朋友们轻声地交谈，
紧张得不敢碰杯，
只吸着廉价的烟？

冒泡的酒浆在翻腾、
流淌，啊，多美妙！　……
蓦地，远远传来了
学究可怕的吼叫……

酒瓶刹那间粉碎，

酒杯往窗外飞去——
清澈透明的酒浆
往四面八方流失，

我们都匆匆逃走，
惊恐刹那间消失！
脸上闪耀着红晕，
都争夸机灵麻利，

高兴得哈哈大笑，
目光暗淡而呆滞，
泄露了酩酊的时刻
和酒神甜蜜的诡计。

啊，我的知心朋友！
我发誓，在舒心的时刻，
每年我都要喝几杯
来回忆当年的快乐。

---

① 1814年9月5日，普希金和普欣、马林诺夫斯基在皇村学校里饮酒，此事后来被发现，普希金等学生被罚。此诗即回忆此事。

# 我的墓志铭

这里埋葬的是普希金，他和年轻的缪斯、
爱情、懒散一起度过了快乐的一生，
他虽未做过什么好事，却是一个
　　心地善良的人，这点上帝可以作证。

# 致杰尔维格①

听我说，纯洁的缪斯
所信赖的狡黠的神父：
我这山野的居民
竟跻身诗人之列，增加了
这罪孽一群的人数，
在可爱的梦想面前，
我低低地垂下了头颅；
我那位诗人伯伯
对此曾给过我劝告，
还把我和缪斯撮合。
起初我把它当游戏，
胡乱凑几行玩玩，
后来又拿出去发表，
没想到如今我竟然
成了这个、那个无聊的
别斯托尔科夫②的兄弟，
这全是我自己的罪愆！

很感谢你的华翰，
可对我又有何好处？
以后难免会有人
对着我指指戳戳，

百般地嘲笑挖苦!
出卖朋友的人哪,看来
你是和阿波罗串通,
从今以后我注定
要被人称作普拉东③。
我的灾难将没个完!
呜呼,我这个做诗狂
可往哪里去躲藏?
那些出卖我的朋友
会偷偷地往城里
寄走我朴素的诗作,
把我幽居的果实
一一拿出去排版——
把纸张白白地浪费!
爱说俏皮话的人
会含笑把诗人包围。
“啊,先生! 有人对我说,
您写了好多小诗;

---

① 杰尔维格于《俄罗斯博物馆》(1815 年第 9 期)发表《致普希金》信函(即本诗第 2 节开头所说的“华翰”),最后几行是:

普希金!即使在树林里也无法躲藏;
诗琴嘹亮的乐音会暴露他的行踪,
得意洋洋的阿波罗将把不朽的诗人
从凡人之中带上诗神的奥林匹斯峰。

普希金这首诗是对杰尔维格“信函”的回答。

② 虚拟的名字,有糊涂先生之意。

③ 普拉东,17 世纪一个没有才能的诗人,曾和拉辛竞争,他的名字成了拙劣诗人的代名词。

能不能让我瞧瞧?
您在诗里一定是
描写了潺潺的溪流,
一定是描写了矢车菊,
或者是微微的轻风,
还有树林和蓓蕾……”

　啊,杰尔维格! 缪斯
已为我安排了命运;
可是你难道也想
让我加重几分伤心?
你既让一颗快乐的心灵
在梦神的怀抱里安睡,
请你让我再偷懒
哪怕是一年时日,
尽情享受一下安乐——
我本来就是安乐之子!
然后,虽然我不情愿,
但种种忧烦就会
从四面八方袭来:
于是我不得不准备
和报社讨价还价,
和杂志大动干戈,
和格拉福夫一起感叹……
饶恕我吧,阿波罗!

# 玫　瑰[①]

我的朋友，
我们的玫瑰花儿在哪里?
玫瑰凋谢了，
这朝霞的爱女。
不要说：
青春也将如此凋萎!
不要说：
这就是生活的欢愉!
请告诉花儿吧：
别了，我为它怜惜!
请向我们指点
百合花的丰姿。

① 玫瑰象征爱情。

# 阿那克里翁的坟墓

万籁俱寂，多么神秘，
山冈上夜色幽暗，
一钩新月飘浮着，
在银辉洒满的云间。
我看见：坟墓上一把诗琴，
在甜蜜的寂静中微睡，
只有偶尔在死寂的琴弦上，
仿佛亲切的慵懒的声音，
悲哀的琴声在萦回。
我看见：诗琴上有一只鸽子，
玫瑰丛中有花环和酒樽……
朋友，这里静静地安息着
一个歌唱情欲的哲人。
看吧：雕刻师在云斑石上
复活了他的形象！
这里，他正对着镜子
说："我老了，白发苍苍，
让我享受人生的快乐，
唉，人的一生并不久长！"
这里，他对诗琴抬起手来，
皱起眉头，神情庄重，
想要歌唱战争之神，

却只歌唱了爱情。
这里，他准备向大自然
偿还最后一笔债务：
老人家跳着圆舞，
想让渴望得到满足。
突然一群少女围着
白发的情人跳舞歌唱，
他从吝啬的时间老人
那里偷来了几分时光。
于是缪斯和卡里忒斯
将宠爱的人送往坟墓，
缠满常春藤和玫瑰的
游戏也跟着结束……
他走了，像人生的欢乐，
像快乐的爱情的梦。
世人哪，人生就是梦幻，
快及时行乐，不可稍纵。
欢乐吧，尽情地欢乐吧，
频频把酒杯斟满，
在纵情的欢乐中陶醉，
烂醉如泥再去长眠！

# 致画家

卡里忒斯和灵感的宠儿，
当你火热的心充满激情，
请用你随意而欢乐的画笔
为我描绘心上人的倩影；

画出那天真无邪的俏丽，
那满怀希望的可爱姿容，
那天仙一般欢乐的微笑，
还有那俊美迷人的眼神。

请给那赫柏①般纤细的腰身
系上维纳斯常用的腰带，
请给我心爱的女王绘上
阿尔班②秘藏的瑰丽色彩。

请让她那颤抖的胸脯
披上波浪般透明的衣衫——
要让她自由自在地呼吸，
假如她想要，也可以长叹。

请画出那羞怯钟情的梦想，
画出我朝思暮想的少女，

那时我将用情人的幸福之手
在下面签上我的名字。

① 希腊神话中的青春女神。
② 指阿尔班丘陵，意大利拉齐奥区的死火山区，是避暑胜地。

# 致女友

爱尔维娜[①]，亲爱的朋友！　来吧，把手伸给我，
我要凋萎了，请打破我这生活的噩梦；
告诉我，我还能看见你吗……要和你长久分离，
　　　命运是不是这样为我注定？

难道我们再也不能互相见上一面？
是不是我的岁月将永远蒙上一层黑暗？
难道晨光永远也不会再看见我们
　　　紧紧拥抱，情意缠绵？

爱尔维娜！　为什么在那夜阑人静的时刻，
我不能快乐地把你拥抱，为什么我不能
在爱火中颤栗，把我那无限惆怅的目光
　　　投向我亲爱的美人？

在无言的快乐里，在两情缱绻的欢愉中
倾听你甜蜜的低语和轻轻的呻唤，
在昏暗的夜色里静静地睡在爱人的身旁
　　　等待醒来时的温存爱怜？

---

① 虚拟的女性名字。

## 1816

# 致维亚泽姆斯基公爵[①]函摘抄

这样的人有福了，他在闹市里
向往着独自幽居的乐趣，
在远离闹市的地方他只看见
荒野、花园和乡村的民居，
有一片幽静树林的山峦，
有一条小河在奔流的山谷，
甚至于……牧放牛羊的景致！
这样的人有福了，他能和好友们
围桌而坐，直到人静更深，
用俄罗斯人的诗歌嘲笑
那一群斯拉夫派的蠢人[②]；
这样的人有福了，他不为农舍
而离开繁华热闹的莫斯科……
不是在梦中，而是清醒时
把自己的恋人抚爱亲热！ ……

---

① 即彼·安·维亚泽姆斯基(1792—1878)，俄国诗人，普希金的朋友。
② 指“俄罗斯语文爱好者座谈会”成员。

# 窗[1]

不久前一个昏黑的夜晚，
一轮凄清孤独的月亮
在茫茫的天路上踽踽独行，
我看见窗前有一位姑娘，
呆坐在那儿若有所思，
她胸中怀着隐秘的惊恐，
忐忑不安地望着山冈下
那条披着夜色的小径。

“我在这里！”有人匆匆地低语。
姑娘胆怯地打开窗户，
用她微微颤抖的纤手……
月儿躲进了漆黑的夜幕。
“多么幸运！”我郁郁地自语，
“等着你的只是幽会的欢乐，
哪一天也有人为我打开窗门，
在这夜晚寂静的时刻？”

---

① 这首诗是写给一个同学的姐姐、宫中女官巴库宁娜的。

# 秋天的早晨①

响起了喧闹声，田野的芦笛
声声涌入我孤寂的陋室，
最后的一场幻梦飞逝了，
心爱恋人的倩影也一起消失。
夜色已经从天上隐去，
升起了朝霞，晨光淡淡，
我的周围是一片荒凉……
她已经离去……我来到河边，
晴朗的傍晚，她常在那里散步；
在河岸上面，在葱茏的草地，
我没有找到她美丽的小脚
留下的难以寻觅的踪迹。
我在树林里郁郁地徘徊，
念着那绝代佳人的芳名，
我呼唤她——我那孤独的声音
只在远远的空谷里回应。
我浮想联翩，来到河边，
河水缓缓地向前流去，
难忘的倩影不复在水中颤动，
她已离去！……直到甜蜜的春天
来临，我告别了幸福和心灵。
秋天用它那寒冷的巨手

剥光白桦和菩提的树冠，
它在疏落的树林中喧响；
黄叶在那里日夜飞旋，
寒冷的波浪上笼罩着白雾，
阵阵秋风在那里呼啸呻唤。
田野，山丘，熟稔的树林！
是你们守卫着神圣的宁静，
为我的忧愁和欢乐作证！
我将遗忘你们……直到春天来临！

---

① 这首诗是在巴库宁娜离开皇村到彼得堡去之后写作的。一说是为宫中侍女娜塔丽亚写的。

# 别　离

幸福的最后一刻终于到来，
我含泪站在深渊旁从梦中惊醒，
我浑身战栗，这是最后一次
用我的双唇在你的纤手上亲吻——
是的，我全记得，我心惊胆战，
但是强压下难以忍受的悲伤；
我说："永久的分离如今并不会
把所有的欢乐带往遥远的地方。
我们会耽入幻想，把痛苦忘怀；
无论是愁闷，无论是苦苦的思念，
都不会来到我这幽居者的住所；
缪斯会用快乐来抚慰我的伤感，
我的心会平静——友谊的柔情目光
会照亮我心灵深处冰凉的黑暗。"

对于爱情和心思我很少领会，
光阴荏苒，岁月流逝得飞快，
但酒杯不能把痛苦变成快乐，
也不能给我带来对往事的忘怀。
啊，亲爱的，你和我时刻同在，
但是我仍然忧伤，暗自思念，
无论是青山后面升起的曙光，

无论是伴随秋月到来的夜晚，
俏丽的朋友，我总在把你寻觅；
入睡的时候，我只把你怀念，
虚幻的梦中，我只梦见你一个人；
沉思的时候，我不由得把你呼唤，
谛听的时候，我会听见你的声音。
和朋友相处，我会茫然出神，
他们的谈笑，我全没有听见，
我望着他们，用的是呆滞的目光，
我冷漠的目光认不出他们的容颜!

啊，诗琴，你也陪着我神伤，
你是我痛苦心灵的知心伙伴!
你低沉的琴弦弹响的是悲悯的声音，
只有爱情的声音你没有遗忘!　……
啊，我的挚友，和我一起忧伤吧，
让你那漫不经心的幽婉旋律
尽情地表达我心中绵绵的忧烦，
让那些喜欢沉思的妙龄少女
听到你深沉的琴声怅然慨叹。

# 真　理

好久好久，智人们就在
探索被遗忘的真理的痕迹，
他们久久地久久地谈论
老头儿们亘古通今的道理。
他们硬说“纯粹的真理
已经悄悄沉入了井底”，
于是一起喝下一杯清水，
高呼道：“真理就在这里！”

但有一个为世间造福的人
（大概就是西勒诺斯①老头子），
看见他们又正经又愚蠢，
厌烦了他们的叫喊和清水，
他丢下我们这隐身的人②，
第一个想起了醉人的甘醴，
于是一滴不剩地干了杯，
终于发现真理在杯底。

---

① 希腊神话中酒神狄俄尼索斯的抚养者和伙伴。
② 指“真理”。

# 月　亮

冷冷清清地飘浮的月亮，
你为什么要从云端里露面，
把暗淡的月光透过窗户
撒落在我的枕头旁边？
你郁郁寡欢地出现在天上，
勾起了我那满腔的惆怅，
为爱情而白白忍受的苦痛，
还有那差点就被我的
无情的理智扼杀的欲望。
往事的回忆，你飞走吧！
不幸的爱情，你快快入睡！
那样的夜晚已一去不返，
那时候，你那神秘的清辉
是如此安详，如此宁静，
透过夜色中昏黑的窗帘①，
淡淡地、淡淡地隐约照亮
我那恋人的美丽的容颜。
比起真正的爱情与幸福，
比起这内心美妙的欢愉，
那情欲的欢乐又算得了什么？
可它还能回来吗，我的欢愉？
时光啊，那个时候你为什么

这样飞快地匆匆消逝?
在猝然出现的朝霞面前，
轻淡的夜影为什么隐去?
月亮啊，你为什么要落下，
在明亮的天空中匆匆沉没?
为什么淡淡的晨曦要闪现?
为什么我和恋人要分手?

---

① 有的版本作“幽暗的梣树林”。

# 歌　者

你可曾听见那树林里的夜半歌声？
那是一个歌者在歌唱悲哀与爱情。
当早晨田野里万籁俱寂的时候，
一支芦笛响起凄婉而淳朴的乐声，
　　　　你可曾听见？

你可曾在幽暗的树林里遇见一个人？
那是一个歌者在歌唱悲哀与爱情。
你可曾发现他的泪痕和他的微笑？
他那充满哀愁的含情脉脉的眼睛，
　　　　你可曾遇见？

你可曾感叹，当你听见那轻轻的歌声？
那是一个歌者在歌唱悲哀与爱情。
当你在树林里遇见那歌唱的青年，
当你遇见他那双黯淡无光的眼睛，
　　　　你可曾感叹？

* * *

只有爱情才是淡泊人生的欢乐，
只有爱情才是对人们心灵的折磨：
它只给人以一瞬的喜悦，
而痛苦则从此没有个尽头。
这样的人百倍地有福了，他能够
在美丽的青春抓住飞逝的一瞬；
他能够让羞涩腼腆的美人儿
忘情于欢乐和未曾体验的温存！

可有谁不曾为爱情把自己奉献？
你们这些热情奔放的歌手！
在意中人面前，你们温顺委婉，
你们歌唱爱情——用骄傲的手
为美人儿献上自己的花冠。
盲目的爱神残酷而又偏心，
把荆棘和香桃木分送给你们；
他和波墨斯河女神有过默契，
把欢乐指给你们中的一些人；
让另一些人和悲哀终生为伴，
还把不幸的爱情之火送给他们。

提布卢斯和巴尔尼的继承人！

你们领略过珍贵生活的甜蜜；
你们的岁月闪耀得有如晨曦。
爱情的歌手！　请歌唱青春的欢愉，
把你们的嘴唇贴上火热的嘴唇，
在情人的怀抱中静静地死去；
轻轻地吟诵爱情的诗篇吧，
我已不敢羡慕你们的艳遇。

　爱情的歌手！　你们体验过悲哀，
你们的岁月在荆棘中流逝；
你们激动地呼唤着末日，
而末日来临，在人生的远方
你们却找不到片刻的欢愉；
但是，纵然找不到人生的幸福，
你们至少也得到了声名，
于是，你们将在痛苦中永生！

　我命定没有这样的福分：
我头上顶着暗淡的乌云，
在阴暗的树林，荒僻的山谷，
我孤独地踯躅，凄怆而忧闷。
傍晚在泛着浪花的湖水之滨，
我常常愁思满怀，含泪呻唤；
但我只听见波浪的絮语
和萧萧的树林回答我的伤感。
纵然心灵的噩梦可以中断，

心中还可以燃起诗的热忱，
但热情可以产生，也会冷淡：
灵感即使来到，也白白地消遁。
让别人去为她吟唱赞美诗吧，
我只是单相思——我爱人，也被爱！ ……
我爱着，我爱着！ 但受难者的声音
已不能触动她；她也不会欢笑，
为我这随意而朴素的咏怀。
为什么我还要歌唱？ 我要把诗琴
永远抛弃，留给槭树下的田园，
把它送给旷野温煦的和风，
我卑微的天赋也将像轻烟飘散。

# 愿　望

我的日子缓缓地向前流去，
每一刻都在我忧伤的心中
增添着不幸爱情的痛楚，
激起我种种疯狂的幻梦。
但我沉默着，听不见我的怨言，
我流着泪，眼泪给了我安慰，
我的心沉浸在思念之中，
泪水里有痛苦的甜蜜回味。
啊，生活的时刻！　飞吧，我不惋惜，
在黑暗中隐没吧，空幻的魅影；
爱情的折磨在我也很珍贵，
纵然死去，也让我心怀恋情！

# 欢　乐

生命的花朵刚刚开放，
就在寂寞的幽闭中凋萎，
青春年华悄悄地逝去了，
只留下它的痕迹——伤悲。
从呱呱坠地那一刻开始，
到这娇嫩的青春年代，
我从来没有尝到过欢乐，
忧郁的心未曾有过愉快。

我从走进生活的那一天
便焦躁地凝望着远方，我幻想：
“那边，那边，一定有欢乐！”
然而我只是为幻影而飞翔。
青春的爱情终于出现，
它展开那双金色的翅膀，
翩翩飞到了我的面前，
那是个迷人的温柔的姑娘。
我追逐着……但始终不能达到
那个遥远的可爱的目标！　……
那充满欢乐的幸福的瞬间
究竟何时才能够来到？
我青春岁月的黯淡的灯盏

何时才能够大放光明，
何时才有女友的微笑
照亮我这昏暗的旅程？

# 干　杯

琥珀的酒杯
已斟满佳酿，
醉人的泡沫
在杯中闪亮。
它在我心中
比世界宝贵；
可是今天哪，
该为谁干杯？

要我为荣誉
来干上一杯？
战争的游戏
和我不投机。
这一种消遣
无快乐可言，
为友谊一醉，
要远离征战。

福玻斯信徒，
天庭的百姓，
歌手们，喝吧，
祝诗神永生！

缪斯的抚爱
简直是灾难；
希波克林泉
是清水一潭。

为青春爱情，
为欢乐干杯，
我的伙伴们，
韶华如流水……
琥珀的酒杯
已斟满甘醴。
我满怀感激，
为美酒干杯。

## 梦　醒

啊，美梦，美梦，
你的甜蜜在哪里？
你在哪儿，在哪儿，
夜晚的欢愉？
它已逝去了，
那欢乐的梦，
只剩下我孤零零，
在漆黑的夜色中
从睡梦中惊醒。
卧榻的周围
是沉寂的夜晚。
那爱情的幻梦，
刹那间凋残，
刹那间飞逝，
全都烟消云散。
但我的心中
仍热烈地想望，
我捕捉着梦境，
回味着梦乡。
爱情啊，爱情，
请听我的心声：
在我的面前，

再现你的幻影，
一直到天亮，
让我在梦中陶醉，
我宁可死去，
也要在梦中沉睡。

## 1817(皇村学校)

# 致杰尔维格

躲开人世的操劳和灾难，
沉浸在爱情、友谊和懒散之中，
请在它们的庇荫下安度时光，
在幽居中生活得舒坦：你是个诗人。
凶恶的风暴威胁不了诸神的知友，
崇高和神圣的天意庇佑着你，
年轻的诗神为你把安眠曲低吟，
保护你安逸逍遥，免受惊惧。
啊，亲爱的朋友，那诗歌的女神
也在我这年轻人的胸中
燃起诗情的灵感的火花，
把秘密的道路向我指明：
我善于用这幼稚的心灵
感受那诗琴的欢乐的乐音，
而写诗也成了我注定的命运。
可是你们又在哪里，醉心的时刻，
难以表达的内心的热情，
生气勃勃的劳作和灵悟的眼泪！
我那天赋的才能已像烟一般消隐。
我是那么早就引来忌妒的眼泪！

和那恶毒毁谤的无形的匕首！
不，不，无论是幸福，无论是荣誉，
无论是对赞扬的骄傲的渴求，
我都不会迷恋！　我在悠闲之中
将忘记我的磨难者——亲爱的缪斯，
但是，当我听到你那动人的歌声，
我啊，也许会暗暗惊喜而发出叹息。

# 题普欣纪念册[①]

有朝一日，当你翻开这秘密的一页，
　　看着我当年写下的题词，
你那异常丰富的甜蜜的幻想请暂时
　　飞向皇村学校的一隅。
请想想最初那些转瞬即逝的时刻，
相安无事的幽闭，六年的共同生活，
你心中经历过的悲哀、欢乐和幻想，
朋友之间的争执，言归于好的快乐……
　　发生过而不会再来的事……
　　请想想那一次初恋，
　　默默噙着惆怅的泪水。
我的朋友，爱情逝去了……但并不是
快活的狂想使你和最初的朋友结识，
面临着严酷的时代和严酷的命运，
　　啊，朋友，这友谊坚如磐石。

① 这首诗是在皇村学校毕业前夕写的。

# 1813—1817

## 致黛丽亚[①]

哦，黛丽亚，亲爱的！
快来吧，我美丽的女郎；
金色的爱情之星
已高高升起在天上；
月亮在空中默默地飘动；
快来吧，阿耳戈斯[②]走了，
梦神已合上了他的眼睛。

在幽静的橡树林
隐秘的阴影下，
那里有一条幽寂的小溪，
不断翻起银色的浪花，
正和忧郁的菲罗墨拉[③]轻轻地歌唱，
那是个欢乐幽会的所在，
月儿的清辉正把它照亮。

黑夜正用它的阴影
把我们隐蔽，
葱郁的树林睡着了，
欢会的时刻一瞬即逝，

我心中火热的爱情在燃烧，
快来相会吧，哦，黛丽亚！
快快投入我的怀抱。

---

① 黛丽亚是爱情诗中常用的人名。

② 希腊神话中的百眼巨人。此处指监护人。

③ 希腊神话中雅典王潘狄翁的女儿，被姐夫强行抢走并割去舌头。她将自己的遭遇绣在一块手帕上，送给姐姐普洛克涅，普洛克涅将她救出。后来神把她变成夜莺。此处指夜莺。

# 1817(皇村学校之后)

## *　*　*[1]

再见吧，忠实的橡树林！再见，
田野上令人心旷神怡的静谧，
还有那尽情欢乐的日子，
它竟然如飞一般逝去！
再见吧，三山村，你有多少次
用欢乐来迎接我的到来！
我领略你们亲切的情意，
难道是为了和你们永远分开？
我从你们这儿带走回忆，
却把我的心留给你们。
也许(这是个甜蜜的梦想)，
我还会回到你们的山村，
我会来到菩提树荫下，
我会登上三山村的山坡，
因为我崇拜无拘束的友情、
智慧、美惠女神和快乐。

---

① 这首诗是写在三山村女主人奥西波娃的纪念册上的。三山村是普希金父母亲的领地米海洛夫村的近邻，普希金于 1817 年夏来到米海洛夫村，常去三山村玩，和三山村的女主人们结下亲密的友谊，这首诗是他返回彼得堡时写的。

# 致＊＊＊

不要问我，为什么在欢愉之中
我常常郁郁不乐，愁思满怀，
为什么我总忧愁地看待一切，
连生活的美梦也不觉得可爱；

不要问我，为什么我灰心丧气，
就连欢乐的爱情也不再迷醉，
我再也不对谁唤一声“亲爱的”——
爱过的人已经不会再爱上谁；

尝过幸福，就不会再感到幸福。
我们的幸福只是过眼云烟，
失去了青春、欢乐和爱情的甜蜜，
剩下的只是惆怅和忧烦……

# 致女友

在悲哀的闲暇中我已把诗琴忘记，
在幻想中我的想象力已不再飞驰，
我的才华带着青春的禀赋远走高飞，
我的心也已逐渐冷淡，慢慢地关闭。
当我这心境平静的诗歌崇拜者，
抚着得心应手的诗琴轻轻地歌唱
那爱恋的激情，别离时候的愁闷——
而那橡树林的隆隆的轰响
把我这沉思的歌声带给了群山，——
我又一次向你呼唤，啊，我青春的岁月，
　你，在宁静的生活中安然飞逝的
　　充满友谊、爱情、希望和淡淡哀愁的岁月……

可是，全是枉然！　我背着可耻的懒散的包袱，
不由自主地在冷漠的梦境中朦胧睡去，
我离开了欢乐，离开了亲爱的缪斯，
噙着满眶的热泪，告别那诗人的声誉！
　　但是，蓦地有如闪电一般，
　　青春又在凋萎的心中燃起烈火，
　　心灵苏醒了，充满了活力，
重新懂得了爱的希望、悲哀和欢乐。
一切又都欣欣向荣！　我感觉到生命的跃动，

我又兴高采烈地目睹大自然的瑰丽，
我的感觉更加敏锐，我的呼吸更加欢畅，
美德更加强烈地叫我入迷……
我要赞美爱情，我要赞美诸神！
甜润的诗琴重新响起青春的乐曲，
我抱着复活的诗琴，弹出嘹亮的颤音，
在你的脚下迷醉！ ……

# 自由颂[1]

## （颂　诗）

走吧，从我的眼前走开，
西色拉岛[2]娇弱的女皇！
你在哪里，威胁帝王的风暴，
自豪的歌手[3]？　你把自由歌唱。
来吧，把我的桂冠摘去，
打破我这柔弱的诗琴……
我要为世人歌唱自由，
我要惩罚皇位上的恶行。

请给我指点那崇高的高卢人[4]
留下的高尚正直的足迹，
在那众所周知的忧患中，
是你激励他写出勇敢的颂诗。
颤栗吧！　玩乐命运的宠儿，
统治世界的暴戾的君王！
而你们，沉沦在痛苦中的奴隶，
鼓起勇气，听吧，挺起胸膛！

啊！　我举目四望，只看见
到处是皮鞭，到处是镣铐，
无法无天，嚣张已极，

对奴役的无可奈何的号啕；
在日益加深的偏见之中⑤，
到处都是不义的权力
爬上了宝座——那是奴役的天才，
他们注定要热衷于沽名钓誉。

只有强有力的法度和那
神圣的自由牢固地结合在一起，
只有法度的坚强盾牌保护着人民，
只有公民们可靠的手里
紧紧掌握着法度的利剑，
平等地对待所有的人民，
用它正义的力量从高处
猛烈打击可恶的罪行，

只有法度的手不可收买，
它不怕权势，也不枉法贪赃，
到那个时候人民的苦难
才不会压在沙皇的头上。
统治者们！ 给你们冠冕和皇位的

---

① 普希金在世时，《自由颂》就以手抄本形式广为流传，后来传到沙皇手里，成了把普希金流放南方的主要罪名。《自由颂》写于 1817 年底，表达了普希金年轻时的政治观点。

② 罗马神话中西色拉岛是供奉女神阿佛洛狄忒的地方。 有时西色拉也作维纳斯或阿佛洛狄忒解。

③ 指诗神。

④ 指法国诗人勒布伦(1729—1807)，他在法国资产阶级革命时期创作了爱国诗歌，如《法兰西人民颂》等，思想上接近启蒙主义。

⑤ 指和反动教会的勾结。“偏见”指教会的偏见。

是法度，而不是什么天神，
你们高踞于人民之上，
但法度却永远高于你们。

假如法度无意之中睡着了，
假如人民或者是帝王
得以利用法度实行专制，
那就是整个民族的祸殃!
啊，那著名的错误的受难者，
我要请你来作个见证，
在不久以前发生的风暴里，
你为祖先付出了皇帝的生命①。

路易一步步登上刑场，
他面前是沉默无言的后代，
他把那摘去王冠的头颅
伸向叛逆者的血腥断头台。
法度沉默着，人民沉默着，
罪恶的斧头猛然落下……
于是那个恶徒②便实现了
对备受奴役的高卢人的管辖。

我憎恨你和你的皇位，

---

① 此处指法国国王路易十六(1754—1793)，1789 年法国资产阶级革命爆发后，因阴谋复辟，于 1793 年 1 月被处死。

② 指拿破仑。

不可一世的专制的魔王!
我要幸灾乐祸地看到
你和你的子孙的灭亡。
人民将在你的额头上
看到备受诅咒的印记,
你是世界的灾星,自然的耻辱,
是你在世上咒骂了上帝。

子夜时分,在昏暗的涅瓦河上
闪烁着一颗明亮的星星,
有一个无忧无虑的人
正沉浸在宁静的美梦之中,
这时一个沉思的歌者
凝视着那暴君的荒凉遗迹,
那是一座被遗忘的宫殿①,
现出可憎的面目在雾中沉睡,

他听见那森严的宫墙后面
克利俄②令人颤栗的声音,
她如此真切地亲眼目睹
那个暴君临终时的一瞬,
她看见一群诡秘的凶手
佩着绶带和勋章走过,
在酒意和仇恨中熏然陶醉,

---

① 指米海洛夫宫,以下写俄皇保罗一世被刺的事。
② 缪斯之一,主管历史。此句指历史的宣判。

满脸凶相，心里却在哆嗦。

不忠的卫兵故作沉默，
吊桥悄悄地放了下来，
那受贿的内奸伸出黑手
在夜晚的黑暗中把宫门打开……
啊，耻辱！ 啊，我们时代的悲剧！
土耳其精兵野兽般攻打进来！ ……
进行了极不光彩的袭击……
那戴皇冠的恶徒掉了脑袋。

啊，沙皇们，要记住这个教训：
无论是刑罚，无论是奖赏，
无论是牢房，无论是神坛，
都不是你们可靠的宫墙。
你们必须首先在法度的
可靠庇护下把头低垂，
那时，人民的自由和安宁
将成为皇位的永恒守卫。

## 1818

# 致茹科夫斯基

当你怀着崇高的心灵
热烈憧憬着那幻想的境界，
你伸出手来把诗琴抱在
膝上，心情是那么急切；
在神奇的幽暗中各种幻象
在你的面前交替出现，
灵感像一下急速的寒噤
竟使你浑身毛骨悚然——
你做得对，你写诗是为少数人①，
不是为了忌妒的评论家，
也不是为了那些收集
别人的见解和消息的傻瓜，
而是为了“天才”的严格的朋友，
为了神圣的“真理”的知音。
幸福并不喜欢每一个人，
不是人人都为桂冠而生。
这样的人有福了：谁能在崇高的
思想和诗篇中感受到快意！
谁的美好命运注定他能
从美好的事物中获得欢愉，

谁能怀着火热而明朗的
喜悦理解你狂喜的心绪。

---

① 茹科夫斯基印了一本翻译的诗集，题为《给少数人》，只赠给亲近的朋友。

# 致娜·雅·普留斯科娃[1]

我不想用谦和而高贵的诗琴
去颂扬那些人间的神明，
我以自由为骄傲，对权贵们
决不巴结讨好、阿谀奉承。
我只学习将自由讴歌，
我的诗篇只为它奉献，
我生来不是为愉悦帝王，
我的缪斯一向羞于颂赞。
但我要承认，在赫利孔山下，
卡斯达里泉水流淌的地方，
我接受了阿波罗赐予的灵感，
曾悄悄为伊丽莎白歌唱。
我这目睹过天庭的凡人，
曾用我这烈焰般的心灵，
热烈歌唱过皇位上的美德，
和她那亲切美丽的玉容。
我的爱，还有那隐秘的自由
启发了我心中朴素的歌咏，
我那不可收买的声音
是俄罗斯人民忠实的回声。

① 这首诗是为回答宫中女官娜·雅·普留斯科娃而作的。普留斯科娃曾倡议写诗歌颂伊丽莎白皇后。当时有人拥戴伊丽莎白,主张以伊丽莎白取代亚历山大一世。十二月党人格林卡曾持这种观点。

# 童　话[①]

## 圣诞歌

乌拉！ 到处游荡的暴君
骑马驰回了俄罗斯。
救主在伤心地痛哭，
全国的民众也跟着悲泣。
这下急坏了马利亚，她赶忙把救主来恐吓：
　　“孩子，别闹，主啊，别闹：
　　妖怪来了——他是俄国的沙皇！”
　　沙皇走进来，庄严地宣告：

　　“注意，全俄国的人民，
　　现在全世界都清楚：
　　我给自己做了一件
　　普鲁士和奥地利式的制服[②]。
啊，民众们，你们应该高兴： 我吃饱、健壮而肥胖，
　　报刊到处把我颂扬，
　　我吃饱、喝足，并且许愿——
　　再不必把事情放在心上。

　　“请听我再补充一句，
　　以后还有些什么打算：

我要叫拉甫罗夫[③]退职，
把索洨[④]送进疯人院；
我要制订法律，代替戈尔戈里[⑤]的统治，
我要给人们做人的权利，
这都是我沙皇的洪恩，
这都是我沙皇的慈悲。”

孩子因为高兴，
在床上欢蹦乱跳：
“难道真有这样的事？
难道这不是开玩笑？”
母亲对他说：“睡吧！　睡吧！　快闭上你的眼睛，
到了睡觉的时候啦；
你听着吧，这是沙皇爷
在讲有趣的童话！”

---

① 沙皇亚历山大一世曾在波兰王国第一届议会开幕式上发表演说，许诺给俄国制订一部宪法，普希金在这首诗中把亚历山大一世的演说称为“童话”，揭露其演说的欺骗性。

② 1815年拿破仑帝国崩溃后，俄、普、奥三国君主在巴黎结成反革命的“神圣同盟”，俄国为神圣同盟之首。

③ 拉甫罗夫，警务部执行司司长。

④ 索洨，警务部书刊检查委员会秘书。

⑤ 戈尔戈里，彼得堡警察局长。

# 致恰达耶夫[①]

爱情、希望和令人快慰的声誉
并没有长久地让我们陶醉，
年轻时的欢乐已成为往事，
像梦、像朝雾一般消退；
但我们胸中还燃烧着一个心愿，
在命定的桎梏重压下辗转不安，
我们的心灵正在焦急地
谛听祖国发出的召唤。
我们正忍受着期待的煎熬，
翘望那神圣的自由时代，
就像一个年轻的恋人，
在等着确定的约会到来。
趁我们还在热烈地追求自由，
趁我们的心还在为正义跳动，
我的朋友，快向我们的祖国
献上心中最美好的激情！
同志，请你相信吧：那颗
迷人的幸福之星必将升起，
俄罗斯会从沉睡中惊醒，
那时在专制制度的废墟上，
人们将铭记我们的姓名！

① 恰达耶夫是当时驻在皇村的近卫骑兵团军官、政治家，反对专制制度。普希金在皇村学校读书时和他结识，思想上深受他的影响。这首诗曾以手抄本形式广为流传。

## 1819

# 致 N.N.[1]

### （致瓦·瓦·恩格尔哈特）

我从埃斯科拉庇俄斯[2]那里溜走，
虽然清瘦，但刮刮脸，仍生气勃勃；
他那苦苦折磨人的魔爪
已不再使我感到焦灼。
健康，普里阿普斯[3]的好友，
还有梦，还有那甜蜜的安逸，
像从前一样，又来光临
我这狭小而简陋的蜗居。
你快来安慰我这初愈的病人吧！
我正急切地等着和你见面，
看看你这幸福的罪孽深重的人，
品都斯山贪图安逸的懒汉，
自由和酒神的忠实儿郎，
维纳斯的虔诚不贰的崇拜者，
主宰人间欢乐的君王！
离开京城的闲散浮华，
离开涅瓦河冷峻的美女，
离开长舌妇的飞短流长，
离开百无聊赖的日子，
那起伏的山峦、碧绿的草地、

荒凉僻静的小溪的两岸、
园子里浓荫如盖的槭树、
乡间的自由，正把我呼唤。
伸出手来吧。我会来看你，
在阴沉的九月初那个时令：
我们将再一次举杯畅饮，
敞开胸怀，坦率地谈论
狠毒的达官贵人和蠢才，
那惯于阿谀奉承的恶奴，
还有主宰天庭的上帝，
有时也谈谈世上的君主。

---

① 这首诗写于 1819 年 7 月初病后，去米海洛夫村之前，是写给绿灯社成员恩格尔哈特(1785—1837)的。

② 罗马神话中的医神，此外作医生解。

③ 希腊罗马神话中的男性生殖力之神，一说是园艺葡萄种植之神，同时又是婚姻和畜牧之神。

# 乡　村[1]

我向你亲切地致意，荒僻的一隅，
充满恬静、劳作和诗兴的田地，
在这里，我的年华在幸福和忘怀中
　　不知不觉地流逝。
我是你的，我已抛弃了喀耳刻[2]罪恶的迷宫、
种种谬误的行径、玩乐和奢侈的饮宴，
醉心于橡树林轻轻的声响、田野的宁静，
醉心于自由自在的闲散，思考的友伴。

　　我是你的，我爱那幽暗的花园，
　　爱那里凉风习习，满园鲜花怒放，
我爱那一堆堆草垛散发着芬芳的草原，
那里清澈的溪流在树丛中潺潺地欢唱。
我面前，到处是生动活泼的图景，
这里我看见两个波平如镜的碧蓝的湖泊，
那上面时而闪耀着一片渔船的白帆，
湖泊后面是绵亘的丘陵和一道道阡陌。
　　远处农家的房舍星罗棋布，
湿润的湖岸上放牧着成群的牛羊，
烘房上轻烟袅袅，磨坊上风车转动，
　　到处是丰足和劳动的景象……

我在这里，摆脱了浮华虚空的镣铐，

学习在真理中寻求快乐和幸福，
用我自由的心灵去崇拜法度，
再不去听那无知世人滔滔不绝的怨诉，
我学习用同情去回答羞怯的祈求，
　　并不羡慕恶徒和蠢人的得势，
尽管他们用不义的手段谋取显赫一时。

古代的先知们③，我在这里向你们请教！
　　在这个幽深僻静的乡村，
　　你们那唤起欢乐的声音更加嘹亮，
　　它驱走了慵懒而忧郁的梦魂，
　　在我心中唤起工作的热情，
　　你们那富有创造力的思想，
　　正在我的心灵深处生成。

但是一个可怕的念头令人郁悒不欢：
　　人类的朋友是多么悲伤，
他看到在葱茏的田畴和群山之中，
到处是令人难堪的愚昧和落后的景象。
　　既看不见眼泪，又听不见呻唤，
这里野蛮的地主，无法无天，冷酷无情，
　　生来就是为了残害人民，
　　只顾用强制的皮鞭肆无忌惮

---

① 此诗1819年7月写于米海洛夫村。主要思想是必须改变农奴制，正是这种信念把普希金和十二月党人联结了起来。

② 希腊神话中美丽的仙女，善诱人。此处指美女。

③ 指以前的作家。

掠夺农民的财富、时间和劳动。

这里骨瘦如柴的奴隶

匍匐在别人的犁耙上，忍受着皮鞭的抽打，

在冷酷的地主的田地里牛马般服役。

这里，所有的人都负着重轭，永无出头之日，

心里不敢存什么希望，也不敢有什么迷恋，

这里妙龄姑娘的青春

也只供无情恶徒的恣意摧残。

父辈们衰老了，他们最好的依靠——

年轻的儿辈，劳动中的同伴，

便在世代居住的茅屋中生养出

一大群家奴，让他们再受熬煎。

啊，但愿我的呼声能够震动人们的心！

为什么我的胸中徒然狂烧着热情？

为什么命运不赋予我惊人的雄辩的才能？

啊，朋友！　我会不会看见人民不再受欺压，

根据沙皇的诏令，废除了奴役？

在我们文明而自由的祖国的天空中

会不会有一天出现迷人的晨曦？

# 女落水鬼[①]

在湖畔荒野的林中，
有一个修士在修行，
他做着艰苦的功课，
不断斋戒、祈祷、劳动。
老修士平静地用铁铲
为自己掘了个坟茔，
他对着神圣的圣徒，
恳求着了结这生命。

有一次在酷热的夏天，
隐士在低矮的小屋前
向上帝虔诚地祷告。
树林逐渐变得昏暗，
湖面上升起了薄雾，
发红的月亮在云彩里
静静地飘游过天空。
修士举目望着湖水。

他望着，不由得吃惊，
连自己也不能明白……
他看见，波浪在翻腾，
突然又平静了下来……

蓦地……轻飘得像夜影，
洁白如初雪后的山冈，
走出个裸身的女子，
默默地坐在湖岸上。

她望着年老的修士，
梳理着潮湿的秀发。
圣洁的修士战栗着，
对着这美人儿发傻。
她对他频招着手儿，
急速地向他点点头……
突然，像闪过的流星，
隐入梦幻般的波涛。

忧郁的老头彻夜未眠，
第二天也没有祈祷——
他神思恍惚，眼前
闪现着神女的美貌。
树林又披上了夜色，
月亮在云彩里巡行，
那女子又坐在湖边，
是那么洁白而迷人。

她看着他，对他点头，

① 俄罗斯民间传说中河湖里以长发披散裸体女人形象出现的精灵，系妇女溺水变成。

飞吻着，在远处笑闹，
戏弄、泼溅着浪花，
像孩子般哭哭笑笑，
她召唤修士，呻吟着……
“快点来呀……修士，修士！”
又沉入清澈的水中，
一切又归于沉寂。

第三天，那动心的隐士
坐在魔女出现的岸边，
等待着美丽的少女，
树影爬上了林间……
晨曦赶走了夜的幽暗：
修士已不见了影踪，
只有孩子们发现了
白胡子漂浮在水中。

## 幽　居

谁能在僻静的住处幽居，
远离那些苛刻的无知之徒，
在劳作和懒散、回忆和希望中
打发掉日子，谁就有福。
命运给谁送来了知音，
由于造物主的慈悲和帮助，
又能躲开使人昏睡的蠢货
和使人警醒的无赖，谁就有福。

# 致弗谢沃洛日斯基[1]

再见，宴会的幸福宠儿，
过惯自由生活的孩子！
就这样，你离开了我们的河滨，
离开了这奴役、粗暴、时髦，
以及怪诞的僵死的地域，
到达那安宁平静的莫斯科，
那里的人都懂得享受欢乐，
无忧无虑地逍遥自在，
喜欢千变万化的生活。
在亚洲那些地方，常有人
对我们一再说，生活是个玩具！
莫斯科是个极可爱的老太婆，
穿着长背心，戴着可敬的帽子。
它以斑斓的色彩、蓬勃的生气
和变化无穷的姿态而诱人，
它拥有古代的奢侈、欢宴、
待字的姑娘、洪亮的钟声、
繁忙而轻浮的娱乐活动、
朴素无华的诗歌和散文。
你在那里喧闹的晚会上，
可以看到庄重的悠闲，
饰着花边的矫揉造作，

戴着金边眼镜的愚蠢，
脑满肠肥的显赫的快乐，
手里拿着纸牌的沉闷。
你不过是个片刻的旁观者，
会站在一旁暗暗耻笑，
但不久，由于你热爱自由，
便会听从我诚挚的劝告，
那时候，你这位金色的慵懒
和欢娱作乐的忠实崇拜者，
便会离开这上流社会，
决心只为自己而生活。
我仿佛已经看见，你安居
在那远方偏僻的庭院中：
冰凉的爱伊[②]像一股清流，
在翻着泡沫的酒杯中沸腾；
新结识的朋友穿着晨衣，
在懒洋洋的烟斗冒出的浓烟中
喧闹，畅饮！——满杯的烈酒
在狂热的宾客中依次传递，
在欢乐中你迅速送走了闲空；
在那里，一群埃及女郎[③]
对着你翩翩起舞，飞旋，
我仿佛听见了嘹亮的歌声，

---

① 弗谢沃洛日斯基，俄国进步文学团体绿灯社的成员。绿灯社常在他家举行聚会。

② 一种法国香槟酒。

③ 指茨冈（即吉卜赛）女郎。

柔情的呻吟、号哭和叫喊；
她们那些急剧的动作，
那狂热的眼睛闪动的火焰，
我的朋友，这一切都在
你的心中引起醉人的震颤……
可是别忘记，亲爱的，这里
有一个人正在时刻等着你，
你那妙龄的女俘在悲叹，
整日里无精打采，精神萎靡，
怀着甜蜜的淡淡的哀愁，
偷偷躲开可怕的阿耳戈斯，
在窗口旁边轻轻地哭泣，
凝视着那故人离去的房子，
她那急切的愿望正连同
愁思和希冀飞向那里，
在那里，我们常常邀来
阿佛洛狄忒和酒神痛饮甘醴。
啊，她那悲伤的眼睛是不是
能很快见到心爱的友伴，
在爱情面前，会不会落下
她那幽闭的忌妒的门闩？

而我们这伙被抛下的人，
我的同学，何时能变得更有生气？
亲爱的朋友，你何时来到？
我的心正追随着你的踪迹。

无论在哪里，你都能从青春的
欢娱的手中取得桂冠，
并证明，你对于那门深奥的
幸福的学问确实很内行。

# 皇　村

美好情感和昔日欢乐的珍藏者，
啊，你，橡树林的歌者早就熟知的保护神。
记忆啊，请你为我描绘
那与我息息相关的迷人的乡村，
描绘那树林，在那里我爱过，我的情感逐渐成熟，
在那里，我从幼年成长为初谙世事的少年，
在那里，我在大自然和幻想的抚育下
懂得了诗歌、欢乐和安恬。

* * *

让别人去歌唱英雄和战争吧，
我却谦恭地爱上这蓬勃幽静的田园，
和英雄业绩的幻影格格不入，
我这缪斯的默默无闻的友伴
从今以后将向您——皇村秀丽的橡树林
献上安恬的诗歌和快乐的空闲。

* * *

走吧，走吧，带我到椴树林的清荫里去，
那里总是适合我这自由散漫的习气，
带我到湖边去，带我到静谧的山坡去！……
我将在那里重新看到绿草如茵的野地、
几棵苍劲的老树和色彩绚丽的山谷，

重新看到那片熟稔的肥沃湖岸的景色，
和那在平静的湖面上粼粼波光之中
游弋的一群神气骄傲而怡然自得的天鹅。

# 致托尔斯泰[①]的斯坦司

年轻的哲人哪，你在逃避
饮酒作乐和人生的欢愉，
你瞧着年轻人的嬉戏总是
含着默默而冷峻的责备。

你舍弃人间愉快的玩乐，
偏要活得愁苦而寂寞，
你宁可舍弃贺拉斯的金杯，
却守着爱比克泰德[②]的灯火。

请相信吧，朋友，总有一天
你会垂头丧气地懊恼，
你会关注一条冷酷的真理，
你会作许多无益的思考。

宙斯宠爱所有的凡人，
无论长幼都分发玩具，
可是在白发老人的头上，
疯狂的拨浪鼓却不会响起。

啊，青春一去不复返！
快呼唤那甜蜜的悠闲安逸，

那令人飘飘欲仙的爱情，
那令人飘飘欲仙的醉意！

把欢乐之杯一饮而尽，
日子要过得快乐而舒坦！
每一瞬间都听命于生活，
年轻时就该像个青年！

---

① 雅可夫·托尔斯泰（1791—1867），绿灯社的领导人之一，幸福同盟成员。这首诗是对雅·托尔斯泰刊登在《绿灯》上的一首赠诗的回答。

② 爱比克泰德（约50—约140），古罗马哲学家，曾为奴隶，后被赎为自由民，宣扬人的内在自由。

## 1820(彼得堡)

### 致多丽达

我相信：她爱我，我须有这样的信心。
是的，我那好姑娘决不会虚情骗人，
一切都那么纯真：懒懒的欲望的热情，
羞答答的样子，卡里忒斯珍贵的馈赠①，
衣装和言谈是那么随意而且动人，
那甜蜜的名字透露着稚气的娇嫩。

---

① 卡里忒斯的馈赠指妩媚、优雅、美丽等品质。

## ＊　＊　＊[①]

战争我并不陌生，我喜爱刀剑的声音，
从幼年起我就向往着战斗的荣誉，
我喜欢战争那种血肉横飞的娱乐，
一想到牺牲我就从心里感到快慰。
在青春华年我就是自由的忠诚战士，
谁要是没有亲眼目睹沙场的死神，
他就不会亲身体味到极度的欢畅，
他也不配受到可爱的女性的亲吻。

① 这首诗显然是在听到西班牙革命事件的消息后写作的。

## 1820（南方）

* * *[1]

照耀白昼的星球熄灭了，
黄昏的薄雾在湛蓝的海上荡漾。
呼呼地响吧，响吧，顺风的帆，
在我脚下翻腾吧，阴沉的海洋。
我看见那渐渐远去的海岸，
那令人陶醉的南方大陆的土地；
我的心怀着激情和惆怅飞往那边，
沉醉于往事的美好回忆……
我感到眼眶里又涌出了泪水；
我的心在激荡，时时收紧；
熟稔的梦幻在我周围翩翩翱翔；
我想起往日那神魂颠倒的爱情，
我为之痛苦和感到温暖的一切，
原是希冀和心愿在把人折磨欺诳……
呼呼地响吧，响吧，顺风的帆，
在我脚下翻腾吧，阴沉的海洋。
飞驶吧，大船，把我带往遥远的天涯，
沿着这凶险的大海，滔天的狂澜，
只是别把我带到我那
烟雾迷茫的祖国的悲凉海岸，

在那里，我的内心第一次
燃起爱情的炽烈火焰，
在那里，多情的缪斯悄悄对我微笑，
在那里，我那失去的青春
早早就在风暴中凋残，
在那里，无忧无虑的欢乐背弃了我，
把我一颗冰冷的心交给了哀伤。
为了寻求另一种情感，
我离开了你，祖国的河山；
我离开了你，惯于享乐的人，
短暂青春时代里的短暂友伴；
还有你们，罪恶的迷津中的女人，
我没有给你们爱情，却牺牲了自己，
牺牲了我的宁静、名誉、自由和心灵，
我已把你们忘记，负心的妙龄少女，
我的黄金般春天里的秘密友伴，
我已把你们忘记……但心灵中往日的巨痛
却难以平复，连同那爱情的深刻的创伤……
呼呼地响吧，响吧，顺风的帆，
在我的脚下翻腾吧，阴沉的海洋……

---

① 这首哀诗写于费奥多西亚到古尔祖夫途中。普希金在给他弟弟的信中曾写道："我们在大海上航行，经过塔夫里达的南岸到古尔祖夫……夜里我在船上写了一首哀诗。"

# 我不惋惜你

我不惋惜你，我的青春的岁月，
你在枉然的爱情的梦想中流逝；
我不惋惜你，啊，夜晚的欢乐，
虽然芦笛为你歌唱得那么甜蜜；

我不惋惜你，不忠实的朋友，
宴会的花冠和盛满琼浆的酒杯；
我不惋惜你，背信弃义的女郎，
我默默无言，不再于欢乐中陶醉。

但你又在何处，满怀年轻人的希望、
心境的宁静和被柔情感动的时刻？
昔日的热情、灵悟的眼泪又在何处？……
重新回来吧，我的青春的岁月！

# 黑色的披肩

## （摩尔多瓦歌谣）

我望着黑色的披肩，就像丢了魂，
悲哀正在咬噬我那冰凉的心。

从前我年轻的时候是那么轻信，
我狂热地爱过一个希腊女人；

这迷人的姑娘对我温存抚爱，
可是不幸的一天却很快到来。

有一次我邀来许多快乐的客人，
一个可憎的犹太人也跑来敲门；

他轻声说："你还在这里和朋友畅饮，
可那希腊女人却对你变了心。"

我斥骂他几句，给了他一点儿赏银，
立即叫来了我那忠实的仆人。

我们出了门，我骑着快马驰去，
温柔的怜悯在我心中已销声匿迹。

我刚刚看见那希腊女人的门扉，

眼前便发黑，浑身没有了力气……

我独自闯入她那僻静的闺房……
一个亚美尼亚人正吻着不忠的姑娘。

我一阵晕眩，宝剑铮地响了一声，
那流氓的嘴唇还吻着希腊女人。

我久久践踏着那具无头的尸体，
脸色煞白，默默地瞧着那少女。

我还记得她的哀求……流淌的鲜血，
希腊女人死了……爱也跟着熄灭！

我从她头上拉下黑色的披肩，
用它无言地擦拭染血的宝剑。

当夜幕降临的时候，我的仆人
往多瑙河抛下他们两人的尸身。

从那时起，我再没有吻过迷人的眼睛，
从那时起，我再没有消受夜晚的欢情。

我望着黑色的披肩，就像丢了魂，
悲哀正在咬噬我那冰凉的心。

# 涅瑞伊得斯[1]

碧波翻卷，亲吻着塔夫里达[2]海岸，
涅瑞伊得斯在晨光熹微中出现。
我躲藏在树丛之中，屏息静气：
潋滟的波光中浮出了海中仙女。
年轻的胸脯天鹅般洁白娇柔，
她从满头秀发中挤出一股清流。

---

① 希腊神话中的海中仙女。
② 克里米亚的古称。

## 1821

# 缪　斯

在我幼小时，她就对我格外垂青，
她把一支七管的芦笛相赠。
她微微含笑谛听我的吹奏，
我已经学会用纤弱的双手
轻按着芦管发出乐音的小眼，
吹起诸神启示的庄严的颂赞
和弗里吉亚[①]牧人宁静的小曲。
从早到晚，在橡树林的清荫里，
我用心地聆听神女的教诲，
为使我高兴，她有时会给我奖励，
把一绺绺鬈发撩开她的额际，
从我的手中接过这支芦笛。
神灵的气息使芦笛充满灵气，
于是我的心充满了神圣的迷醉。

① 小亚细亚西北部古国，公元前10—公元前8世纪为王国。

## *　*　*①

我不再怀有任何愿望，
我不再喜爱自己的幻想，
只有心灵空虚的结果——
痛苦，遗留在我的心上。

在残酷命运的风暴摧残下，
我烂漫的花冠已经凋零，
我悲哀而孤独地苦度时光，
等待着，看末日是否来临。

就像一片残存的树叶，
听到严冬风暴的呼啸，
又惊于晚来寒潮的袭击，
在枯枝上孤零零地颤抖。

① 这首哀歌原来是为《高加索俘虏》第 2 部而写的。

*　*　*

在大家庭圈子里，快乐的宴会上
我是个郁郁寡欢的异路客，
远离爱好自由的朋友，
因世态炎凉而备受冷落。
爱情的歌手，悲惨的流浪汉，
我忘却了诗琴和心中的宽舒，
追随心爱的理想而飞翔。
年轻的逐客，何处是归宿——
我将遗忘痛苦和爱情，
心中燃起的冒失火焰
和虚假的幻影将离我而去，
我要扔掉行路的手杖，
我可会重获心中的安谧？……
而你们，年轻的伙伴，朋友们，
请准备隆重热闹的酒宴
准备好巨大的轮饮之杯，
诗琴的颂歌和鲜艳的花冠。
．．．．．．．．．．．．．．
…………传到我耳边
我所熟悉的琴弦的乐音
勾起了我心中深深的哀怨。
命运是如此严酷冷峻，

早就把歌手们无情地拆散……
他们的诗琴那轻佻的音韵
已不再轮番将幸福歌吟，
心情因惆怅而变得灰暗！
年轻人欢宴的笑声已阑珊，
疯狂奔放的话音亦消失，
情人们已经把我们忘记，
种种娱乐已烟消云散。
在落寞冷清的放逐时分，
我时刻燃烧着殷切的期望，
回忆振翼朝你们飞翔，
在想象之中我看见了你们：
无眠与欢宴的忠实女伴，
我们的灯①，你是否仍然晶莹？
快乐俏皮的朋友，金盏
是否仍在你手中沸腾？
你在哪里，好客的居室，
爱情和自由缪斯的客厅？
在那里我们曾互相起誓，
订下天长地久的同盟，
我们领略了友情的欢快，
戴着尖顶帽围坐在桌旁，
个个感受平等的可爱，
在那里我们纵情欢乐，

① 指绿灯社，一般在弗谢沃洛日斯基家中聚会。该团体已于 1820 年解散，但普希金不知道。下文多涉及绿灯社的活动。

不断调换话题和美酒，
喧腾着故事和淘气的歌声，
我们的争论热烈而自由，
总爆出玩笑和斗酒的火星。
我的诗人们，我还能听到
诸神那庄重激昂的语言？
给我斟一杯彗星佳酵[①]吧，
卡尔梅克人[②]，祝福我身体康健。
长久的分离使我们沉痛，
且把那寒心的悲痛忘怀，
你还在，快乐的安菲特律翁[③]，
善良的幸运儿，为撒谎而欢快！
请把昔日的友情燃起，
祝福我得以返回故土，
可他在哪里，你亲爱的兄弟，
喜曼不久前才把他招募？
你们兄弟俩在往昔时光，
总在晚间谈论时畅饮，
对那自由和美酒的歌人
赠以蜜糖一般的颂扬。
来吧，美貌英俊的阿多尼斯[④]，

---

① 一种葡萄酒，用1811年收获的葡萄酿成，那一年有彗星出现。
② 弗谢沃洛日斯基家中的童仆，在聚会时常对客人说："祝你康健！"
③ 希腊神话中的底比斯王。此处指弗谢沃洛日斯基。他的兄弟亚历山大于1820年1月结婚。下文喜曼指希腊神话中的月下老人。
④ 希腊神话中的美少年，此处指诗人尤里耶夫。

佩福斯神庙和库忒瑞[①]的枪骑兵，
轻佻风流的拉伊莎[②]的情侣，
维纳斯的宠儿，你多么幸运。
还有你，在幕后策划的市民，
恶毒编著戏剧编年史[③]，
你对那些迷人的女艺人
虽然崇拜，却朝三暮四。
可我喜欢她们的俏皮、
快乐、睿智和谈论家常。
她们的笑容、言语和目光，
可是我却委屈了那美女[④]，
在她的声名光芒闪耀、
萦绕着热烈赞扬的神香，
由于气恼，我曾用口哨
压下那也许是不公正的捧场。
消逝吧，唯一报复的一霎，
粗暴诗琴虚假的乐曲，
亲爱的朋友，是她有愧，
面对墨尔波墨涅和莫伊娜[⑤]。
仍然是一片穹隆笼罩
帕耳那索斯山三女神的神庙，

---

① 佩福斯神庙即是阿佛洛狄忒的庙。库忒瑞是阿佛洛狄忒的别名。

② 古希腊交际花，此处指轻浮女子。

③ 指剧作家巴尔科夫，曾在绿灯社聚会上恶毒攻击著名女演员谢苗诺娃。

④ 指女演员科洛索娃，奥泽罗夫悲剧《芬加尔》中的人物，科洛索娃曾饰演过这个角色。

⑤ 墨尔波墨涅是悲剧女神，缪斯之一。莫伊娜是俄国剧作家奥泽罗夫的悲剧《芬加尔》中的女主人公，科洛索娃曾扮演这一角色。

仍然是年轻女祭司的喊叫，
仍然是轮舞在婆娑舞蹈。
难道谢苗诺娃那奇妙的缪斯
迷人的歌声从此消泯？
难道她就此永远抛弃
和福玻斯的交情，离开我们，
俄罗斯的荣光从此消逝！
我不信，她定会重返剧坛，
心灵的礼物会重为她准备，
她那誉满天下的桂冠
永不会在我们面前凋萎。
为了她，我们那荣誉的情人，
高傲的阿俄涅斯①的伙伴，
年轻的卡捷宁②会重新施展
索福克勒斯③非凡的才能，
把尊贵的紫袍再为她奉献。

---

① 诗神缪斯的别名。

② 卡捷宁（1792—1853），俄国诗人、剧作家。

③ 索福克勒斯（前495—前405），古希腊伟大悲剧作家。

# 致格涅季奇[①]函摘抄

朱莉亚[②]刚刚为奥维德戴上花冠，
狡猾的奥古斯都就把他流放，
他在这里苦度悲惨的时光；
在这里他小心翼翼地弹起
愁肠百结的诗琴，把诗章
献给他那铁石心肠的偶像。
这里远离北方的古都，
我已把它长年的浓雾淡忘，
惊扰着摩尔多瓦人的美梦，
我的芦笛发出自由的声响。
我依然如故，和从前一样，
决不向愚妄的人低头哈腰，
只和奥尔洛夫[③]争辩，很少喝酒，
也不怀着不切实际的希望，
向屋大维歌功颂德，献媚讨好。
我为友谊书写轻松的书信，
并不深思熟虑，严格推敲。
你啊，冥冥中的命运赋予你
大胆的才智和崇高的心灵，
让你庄严深刻的诗歌
充满孤独生活中的欢欣；
啊，是你的再创造重现了

阿喀琉斯[4]威严的幽魂，
你向我们显现荷马的缪斯，
是你解除铿锵的镣铐，
解放了荣誉的大胆歌人；
你的声音传到了遥远的绝域——
在那里，我隐姓埋名，躲避
伪君子和愚妄之徒的迫害，——
那充满灵感的甜蜜声音
重新让歌手勃发生机。
福玻斯的宠儿！　我多么珍视
你诚挚的问候和真心的赞美；
诗人活着是为了缪斯和友谊。
他对仇敌只报以轻蔑，
他决不卷入市井的厮杀，
以此辱没缪斯的名声，
他顺便还拿起教训的藤条，
鞭打佐伊尔那样的酷评家。

---

① 格涅季奇(1784—1833)，俄国诗人。

② 古罗马皇帝屋大维·奥古斯都的女儿。

③ 米·奥尔洛夫(1788—1842)，十二月党人，在他的基什尼奥夫家里常有十二月党人的聚会。

④ 希腊神话中的英雄，除脚踵外，任何武器不能伤害他的身体，后被敌人用箭射中脚踵而死。

# 短　剑[①]

楞诺斯的火神[②]把你锻造，
交给不死的涅墨西斯[③]掌管，
惩罚的短剑，你是自由的秘密卫士，
你是最高法官，为人们雪耻伸冤。

如果宙斯的雷不响，法度的宝剑打盹，
你就把人们的诅咒和希冀实现，
你可以隐藏在皇帝的宝座之下，
也可以藏在华丽的服装里边。

犹如地狱之光，犹如天神的闪电，
你无言的剑锋总对着恶人的眼睛闪亮，
于是他左顾右盼，浑身颤抖，
在饮宴时也会心惊胆战。

不管到哪里，你都能突然向他猛刺：
无论在陆地，在海洋，在庙宇和营帐里，
或是在隐秘的城堡里面，
或是在床上，在他的家里。

在恺撒的脚下，卢比孔河[④]哗哗地奔流，
强大的罗马崩溃了，法度低首神伤，

但热爱自由的布鲁图奋起了，
你打倒了恺撒——他死了，依傍着
骄傲的庞贝的大理石雕像。

暴乱的子孙掀起一阵凶狠的狂叫；
自由被砍了头，在尸体旁边
站着一个丑恶的刽子手，
卑鄙、阴沉、两手血迹斑斑。

死亡的信徒[5]不断地把祭品
向劳累不堪的地狱奉献，
但最高的裁判却把你
和欧墨尼得斯[6]派到他身边。

啊，正直的年轻人，命运选中的勇士，
啊，桑德[7]，你的生命在断头台上燃尽，
但是，在你被处死的尸骨里
却保留着圣洁的美德的声音。

---

① 这首诗是对西欧蓬勃发展的革命运动的反应，曾广为流传，成为反对沙皇专制制度的号角。

② 即希腊神话中的赫淮斯托斯，住在楞诺斯岛上，能建筑神殿，制作各种武器和金属用品。他技艺高超，被认为是工匠的始祖。

③ 希腊神话中的报应女神。

④ 卢比孔河在意大利中部。公元前49年，罗马统帅恺撒（前100—前44）渡卢比孔河追击罗马统帅庞贝，公元前48年，两人会战于法萨罗，庞贝兵败，逃入埃及被杀。恺撒成了罗马的独裁者。公元前44年，罗马奴隶主贵族布鲁图为了恢复共和政体，刺死了恺撒。

⑤ 指18世纪法国资产阶级革命领袖马拉。因马拉把许多人送上断头台，普希金对他持否定态度。

⑥ 希腊神话中的复仇女神。此处指夏洛蒂·科尔代，她刺杀了马拉。

⑦ 德国大学生，因刺死德国反动作家科策布被处死。

在你的德国，你成了永存的幽灵，
　　你用灾祸来威胁犯罪的一帮，
　　而在你庄严肃穆的坟茔上，
　　无名的短剑放射着光芒。

# 致恰达耶夫

在这里，我已忘记往年的惊惧，
奥维德的遗骨是我孤寂的邻居，
声名对于我已是身外之物，
我疲惫的心灵只因思念你而痛苦。
向来痛恨令人拘谨的繁文缛礼，
我不难摆脱饮酒作乐的恶习，
纵使席间妙语连珠，我心却在昏睡，
冷淡的礼貌中蕴含着火热的真理。
离开那群轻狂吵闹的年轻人，
我在放逐中并不惋惜他们；
我叹息一声，抛弃另一些迷误，
让仇敌在我的遗忘中受到咒诅，
冲破我曾在其中挣扎的牢笼，
我的心感受到未曾有过的宁静。
不受拘束的保护神在我孤独时
享受了平静的劳作和渴求的沉思。
自由支配时间，心与秩序谐和；
我学习保持长久而专注的思索；
在自由的怀抱中我不断寻求办法，
弥补被骚动的青春虚掷的年华，
在教养上和时代处在同一条水平线
和平的女神缪斯又在我面前显现，

对我无拘无束的闲暇微笑赞许；
我的双唇又贴近被抛弃的芦笛，
昔日的乐音使我欣喜万分，
我又歌唱起幻想、大自然和爱情，
歌唱起忠实的友情、在我人生之初
曾使我迷恋的那些美好事物；
在那些日子，我还默默无闻，
不懂得目标、观点，也不为什么操心，
我的歌声荡漾在嬉戏和慵懒的庭院，
荡漾在皇村宁静安谧的花园。

　　但我没有尝到友情，我满怀伤悲，
遥望异乡的碧空、南方的土地；
无论是缪斯、劳作、闲暇的欢欣，
什么也不能代替唯一的友人。
你曾是给予我心灵力量的良医；
啊，我始终不渝的朋友，我要献给你
经受命运考验的短暂的一生，
还有那也许是被你拯救的感情！
在我的少年时期，你就了解我的心；
你看到我这饱受痛苦煎熬的人
后来怎样在热情冲动中暗暗凋萎，
在我面临隐秘的深渊濒于毁灭时，
是你伸出警觉的手把我扶持；
你给了朋友希望，也给了安慰；
你用严峻的目光洞察了我的内心，

用忠告或责备重新给予它生命；
你的热情又激起我对崇高的热爱，
坚韧的毅力重新充溢我的心怀；
流言蜚语已不能使我苦闷，
我已经学会蔑视，也学会憎恨。①
我何必白费力气去郑重评判
那显赫的奴才，佩戴勋章的愚顽，
或者那个哲学家②？ 在前几年
他还因荒淫无耻而丢人现眼，
但他学了点风雅，想洗雪耻辱，
不再酗酒，却成了牌桌上的赌徒。
那没人理睬的演说家卢日尼科夫③
已不能用他枉然的狂吠使我恼怒。
当我能够为你的友谊而骄傲，
难道我值得为那些浪荡汉的造谣，
为贵夫人、酷评家和愚人的议论叹息。
值得去分析谣言中玩弄的诡计？
我要感谢诸神，我已渡过难关；
早年的悲哀曾使我活得很艰难：
我已习惯于悲哀，和命运清了账，

---

① 费·伊·托尔斯泰伯爵（1782—1846），骠骑兵退伍军官，是个上流社会的酒鬼、色鬼、冒险家，普希金认为他传播了他被流放南方以前在警察局曾被鞭打的谣言。诗人在盛怒之下，曾想以自杀或行刺亚历山大一世来洗刷耻辱，为恰达耶夫所劝止。本诗与此事有关。

② 即指费·伊·托尔斯泰。

③ 指卡切诺夫斯基（1775—1842），保守的历史教授，《欧罗巴导报》的编辑，普希金的仇人，他曾在自己的文章上署名“卢日尼基老人”。

将以坚韧的心去经受生活的风霜。

我唯一的愿望：请和我朝夕相伴，
我再不用别的祈求去烦扰上天。
啊，我的朋友，难道我们就要离分？
什么时候我们再能相见和谈心？
什么时候我能听见你真诚的致意？
我要怎样拥抱你！　我将看见你的书室，
在那里你永远睿智，偶尔也有幻想，
并且冷静地观察群俗的轻狂；
我要来看你，亲爱的深居简出的友人，
来和你共同回忆当年的谈论、
年轻人的晚会、关于未来的争辩、
熟悉的故旧当年生动的言谈；
我们要争论、读书、评判和吵嚷，
重新燃起对于自由的热望，
我将感到幸福；但看在上帝分上，
请把谢平赶出我们的书房。

*　*　*[1]

谁见过那地方？　那里树林和草原
被大自然打扮得蓬勃而且绚烂，
那里的波浪在快乐地嬉闹和闪耀，
并且轻轻地抚爱着静谧的海岸，
那里的山冈上面，愁人的风雪
不敢在月桂的穹隆下面徘徊。
请你告诉我：　谁见过这迷人的地方？
它曾为我这无名的逐客所喜爱。

金色的疆域！　爱尔维娜喜爱的地方，
我的心愿早已向你飞去！
我还记得岸边悬崖上的峭石，
我还记得那欢乐奔流的小溪，
还有树荫、涛声和美丽的山谷，
那里居住着普通的鞑靼人家，
他们在操劳和相互友爱之中，
宁静地生活在好客的屋顶底下。
那里气象万千，使人赏心悦目，
那里有鞑靼人的花园、村庄和城市；
巨大的巉岩峭壁倒映在水中，
海船在远处迷茫的海面上消失，
葡萄藤上面挂着一串串琥珀；

牛羊鸣叫着，在牧场上慢慢游荡……
船上的乘客可以看见，落日
把米特拉达梯[2]的陵墓照得通亮。

在那香桃木喧闹的倾圮的陵墓上，
我能不能重新透过幽暗的树丛
看到悬崖和蔚蓝大海的闪光，
还有那喜笑颜开的晴朗的天空？
我动荡的生活会不会终于安定？
会不会重新来临——那美好的往昔？
我能不能重新走进甜蜜的浓荫，
让心灵在安谧的慵懒中安静地睡去？

---

① 这首诗是普希金在回忆克里米亚时写作的。
② 纪元前本都王国的国王。

* * *

我的朋友，我已忘记往昔岁月的痕迹，
忘记在骚动中流逝的青春时期。
别问我已经不再存在的事情，
在悲伤和欢乐中得到了什么，
　　我爱过谁，曾为谁所抛弃。
让我享受欢乐吧，即使不能尽兴，
但是你，纯洁的少女，你是为幸福而生。
坚定地相信它，抓住转瞬即逝的一刻，
你的心生来是为了享受友谊和爱情，
　　为了享受令人销魂的亲吻；
你的心灵多么纯洁，从不知道忧伤，
你稚嫩的良心像晴天一样明朗。
你何苦倾听我那些乏味的故事？
　　它是那么炽烈而疯狂。
它会不由自主扰乱你平静的心智，
你会流泪，你的心会为之战栗，
你轻信的心灵将不再那么无忧无虑，
我的爱也许会使你感到恐惧。
你也许会永远……不，亲爱的少女，
我唯恐失去这最后一次的欢乐。
千万别叫我作那些危险的吐露：
今天我在爱，今天我很快活。

# 拿破仑[1]

一个奇异的命运终结了，
死去了一个伟大的人物。
拿破仑充满忧烦的一生，
终于在悲哀的囚禁中结束。
一个刚强的常胜将军，
被宣判有罪的君王已消殒，
对这被全世界流放的人说来，
一个更替的时代已来临。

全世界将久久、久久地保留
对你的充满血腥的记忆，
你仍然享有淡淡的声名，
在广漠的波涛之中安息……
啊，多么辉煌壮丽的墓园！
对你的遗骨安寝的地方，
人民的憎恨已不复存在，
代替它的却是不灭的光芒。
曾几何时，你那些雄鹰[2]
还在受凌辱的国土上翱翔？
曾几何时，一个个王国
在你强大兵力的袭击下沦亡，
你的战旗由于你的随心所欲

到处发出灾难的喧响，
你还把沉重的枷锁强加在
世界各民族人民的头上？

当世界从奴役中苏醒过来，
被希望的曙光照得通亮，
高卢人用他们狂怒的双手
推倒他们腐朽的偶像；
当一个皇帝的尸体横陈在
暴动的广场上飞扬的尘埃中，
那伟大的不可避免的一天，
光辉的自由的一天终于诞生，

那时候，在人民风暴的动乱中，
你已预见到美妙的际遇，
你不顾人民崇高的愿望，
竟然无视全人类的意志。
你被疯狂的野心所鼓动，
只向往导致灭亡的得志，
为那失去魅力的美景所吸引，
你对专制又重新入迷。

人民刚刚获得新生，你就

---

① 这首诗是普希金听到拿破仑的死讯后写成的。其中的 4 到 6 节因涉及法国革命，把这场运动视为“人民风暴的动乱”，视为旧的封建制度的崩溃，人民群众从奴役下获得解放，而被书刊检查机关删去。

② 指拿破仑的军旗（军旗上有一头鹰）。

压制了他们初发的怒潮，
刚刚诞生的自由突然间
遭到扼杀，又雾散云消；
你因满足了对权力的渴望，
在奴隶们中间欣喜狂欢，
你把他们的军队驱往战场，
用月桂装饰他们的锁链。

法兰西虽然声名远扬，
却忘记了自己崇高的愿望，
只能往闪闪发光的耻辱
投去自己被制服的目光。
你把宝剑指向丰盛的筵席，
于是一切都轰然崩溃，
欧洲覆灭了，死亡的梦幻
正在它的头上翩翩翻飞。

这时候，一个巨人露出无耻的
庄严神气，踏上欧洲的胸膛。
蒂尔西特[①](听到这屈辱的地名，
俄国人现在已不会发慌)!
正是蒂尔西特把最后一次的
光荣赐予这傲慢的英雄，
但无聊的和平、冷清的安定

① 1807年，拿破仑击败俄军，在蒂尔西特和俄国、普鲁士签订和约。根据和约，俄国退出反法联盟，承认法国对已经取得的国外土地的占领。

又使这个幸运儿蠢蠢欲动。

狂妄的人！　是谁给你出的主意？
是谁迷住了你惊人的智慧？
你高瞻远瞩，具有惊人的胆识，
为什么识不透俄国人的妙计？
那场气壮山河的大火，
你没有想到，却仍然妄想
我们会再次求和，像祈求恩赐，
但你识破俄国人已为时太晚……

俄罗斯，久经沙场的女皇，
想想古代权利的获得！
黯淡吧，奥斯特利茨①的太阳！
熊熊燃烧吧，伟大的莫斯科！
另一个时代已经到来，
短暂的耻辱必须洗雪！
俄罗斯，请给莫斯科祝福！
决一死战，这就是条约！

他用失去知觉的双手
抓住自己铁铸的王冠，
他终于面临着死亡，死亡，
他的眼睛看到的是深渊。

---

① 1805年，英俄等国组成第三次反法联盟和法军作战。同年12月，拿破仑在奥斯特利茨大败俄奥联军，迫使第三次反法联盟解体。

欧洲的军队在纷纷溃逃!
染遍血迹的千里雪地
宣告了他们全军覆没,
敌军的痕迹也随着融雪消失。

到处都像风暴一样沸腾,
欧洲挣脱了他的奴役,
各族人民的诅咒像雷霆
追逐着这个暴君的踪迹。
这巨人看见人民的涅墨西斯
高高地举起她的巨掌:
暴君哪! 你对各国的欺凌
都要一一回报,一一清偿!

他所掳掠的财物,还有
他的军事奇迹带来的灾难,
现在都由他在异国天空下的
流放、他的精神苦恼来偿还。
他所囚禁的炎热的小岛,
有时会有北方船帆来造访,
而旅人也会把和解的话
写在他那块憩息的石头上。

流放者注视着海上的波涛,
在那里想起了厮杀的刀枪,
北国可怕的冰天雪地,

还有自己法兰西的穹苍；
在那里，在这个荒岛上，他有时
会忘记战争、后世和皇位，
孑然一身，思念着爱子，
是那么痛苦，那么伤悲。

谁要是心胸狭窄，今天
还要以无理的指摘惊扰
这个被推翻帝王的幽灵，
他将受到羞辱，自找苦恼！
赞扬吧，他给俄罗斯人民
指出了光辉灿烂的前程，
在痛苦的流放中给世界留下
永恒的自由，结束这一生。

## ＊　＊　＊[①]

忠实的希腊女人！　不要哭——他倒下成了英雄，
　　　敌人的子弹射进了他的胸中。
不要哭——难道不是你在第一次战斗之前，
　　　亲自为他指定这光荣的征程？
　那时候，你的丈夫预感到痛苦的别离，
　　　曾经向你伸出庄严的手，
　　　含着眼泪给襁褓中的孩子祝福，
　　　但那黑色的战旗正呼唤着自由。
像阿里斯托基顿[②]那样，他用香桃木的绿叶
裹着剑，投入了战斗——结果他倒下了，
　　　完成了伟大而神圣的事业。

---

① 这首诗是在19世纪20年代希腊人民反对土耳其统治、争取民族独立的战争影响下写成的。

② 阿里斯托基顿是公元前6世纪雅典英雄，曾刺杀当时的暴君。

# 致奥维德

奥维德，我就住在这寂静的海岸附近，
在这里，你曾经把被流放祖先的神灵
供奉，也就在这里，你留下了自己的遗骨。
你悲切的哭泣使这地方举世瞩目，
你那诗琴的温柔声响并没有静息；
这个地方至今仍然传诵着你的事迹。
你给我留下鲜明的印象，我仿佛看见
被幽禁在遥远异乡的诗人、阴沉的荒原、
浓雾迷漫的穹苍、频频袭来的雨雪，
和那片被短暂热天晒暖的萋萋原野。
我常常被你那悲凉的琴声陶然迷醉，
奥维德，我的心灵不禁已和你紧紧相随：
我仿佛看见你的大船在巨浪中颠簸摇荡，
那铁锚终于被抛上荒无人烟的岸上，
岸上残酷的奖赏正等着爱情的歌手。
那里寸草不生，葡萄也不种在这山丘；
为进行残酷的战争，在冰天雪地里出生，
这都是些在寒冷中生活的西徐亚人残暴的子孙，
他们隐藏在伊斯特那边伺机掳掠，
随时都会袭击乡村，将财富抢劫。
他们面前没有阻拦，能过海漂洋，
也能够大胆行走在坼裂的河海冰面上。

你啊（纳索[①]，会惊奇于命运的变幻无常！），
你从小就蔑视军伍生活中的纷乱动荡，
惯于在自己的头上戴上玫瑰花冠，
在安适之中送走无忧无虑的空闲，
而如今你却必须戴上沉重的头盔，
手执威慑的宝剑在惊恐的诗琴旁守卫。
无论是女儿、妻子、众多忠实的故旧，
无论是缪斯——往日轻狂浪漫的女友，
都不能抚平你这个被放逐诗人的悲哀。
尽管你的诗歌博得众多美人儿的喜爱，
尽管年轻人都能够将它们一一背诵，
可无论声名、年岁、怨诉，还是愁容，
以及那小心翼翼的歌都不能感动屋大维，
你的晚年只能在默默无闻之中凋萎。
金色意大利享尽荣华富贵的公民，
在野蛮民众的国度里孤独而默默无闻，
在你的周围听不到来自祖国的声音，
你在沉痛之中给远方的朋友写信：
“啊，还给我那祖先世代居住的圣城，
还给我世代相传的花园里静谧的浓荫！
啊，朋友们，请把我的恳求带给屋大维！
请用眼泪让这位严厉的人回心转意！
但如果愤怒的天神至今仍不为所动，
我一生就不能再看见你啊，伟大的罗马城，

① 奥维德的名字。

我最后的恳求就是减轻我可怕的命运，
请让我的坟茔和美丽的意大利更加贴近！”
谁的心如此冷酷，连美女都加以蔑视，
对你的忧伤，对你的眼泪都加以责备？
读着你这些哀诗，你这些最后的作品，
在这里你向后世发出枉然的呻吟，
是谁如此狂暴，竟然无动于衷？

我这冷峻的斯拉夫人，并未流泪哀恸，
但我理解它们，一个任性的放逐客，
既不满这世界，不满自己，也不满于生活，
我怀着郁悒不欢的心情如今来造访
这个你曾经度过悲惨一生的地方。
在这里，你重新唤起我想像中的缤纷理想，
奥维德，我反复背诵你留下的那些诗章，
你检验着你所描写的那些凄凉的景色，
但眼前的一切和虚假的幻想却南辕北辙。
你的流放迷惑了我的双眼，暗地里我浮想联翩，
我只惯于看到北方阴沉的下雪天。
但这里的天空久久闪耀的是一片蔚蓝，
这里冬天肆虐的风暴也很是短暂。
新的移民已来到这片西徐亚人的海岸，
葡萄闪着紫色的光，这是南方的特产。
阴沉晦暗的十二月早就把松软的白雪
一层层铺上俄罗斯芳草萋萋的田野；
那边是冬季，可这里已是温暖的春天，

在我的头上运行的太阳是那么灿烂；
刚刚枯萎的草原又处处发出新绿，
早春的犁耙已在翻耕待播的田地；
微风轻轻吹拂着，傍晚还有些寒意；
冰层有点儿透明，湖上暮色迷离，
闪闪发亮的水晶覆盖着冻结的流水。
这时候我想起了你那小心翼翼的尝试，
有一天，你突然充满了幻想，灵机一动，
平生第一次犹豫不决试着举踵
迈向那被寒冬封锁的万顷波涛的海面：
我仿佛看到你蒙胧的身影在我的面前
滑过新结的冰层，从远方传来的叫喊
犹如人们生离死别时的痛苦呼唤。

　请放心吧：奥维德的桂冠并没有凋蔽腐朽，
唉！　可我这被人群遗忘殆尽的歌手
在世世代代的后人之中将湮没无闻，
人所不知的牺牲，我这小小的天分，
将同悲惨的一生、片刻的虚名一起葬送！　……
但是如果我的后世一旦知道我的诗名，
来到这遥远的疆域，在著名诗人的遗骨旁
将我这远离人世的孤魂遗迹寻访——
我的亡灵将会走出这片寒冷的浓荫，
离开这被遗忘的海岸，满怀感激之情，
向他飞去，他的忆念会让我感到温暖。
但愿我们遗留的事迹能永远流传：

我和你一样，都屈从于敌意操纵的命运，
除了声名不同，我的遭遇和你相近。
在我浪迹天涯的日子里，崇高的希腊朋友，
正在多瑙河畔号召人们争取自由，
在这里，我这北国的琴声响彻了荒原，
可是在这世界上竟没有一个友伴
倾听我的琴声，只有陌生的山冈、田野、
打盹的树林、温存的缪斯同表关切。

## 1822

# 英明的奥列格之歌[①]

如今英明的奥列格已下定了决心，
　　要攻打猖獗的可萨人[②]，去报仇雪耻，
他决定用火与剑去狠狠惩罚他们，
　　夷平田地与村庄，以回击狂暴的侵袭；
大公率领着亲兵，披上皇城的铠甲，
骑上那忠实的战马，沿着田野进发。

这时候，一个充满灵感的术士
　　从幽暗的树林里向他迎面走来，
他是一个善知未来神意的先知，
　　这老头只把斯拉夫人的雷神膜拜，
他一生从事的只有祈祷和卜算，
于是奥列格走到这睿智的老人面前。

“神祇的宠儿，占卜先生，请告诉我，
　　我未来的一生究竟是吉是凶？
是不是一抔黄土很快就将把我埋没，
　　而和我毗邻的敌人却要拍手欢庆？
你不须顾虑，请把真情对我说详细：
作为酬报你可随意挑选我的马匹。”

“星相家何惧有权有势的王公，
　　他们也不要大公赏赐的厚礼；
他们善知未来的舌头自由而公正，
　　它唯有一心听从上天的旨意。
未来的吉凶本来是扑朔迷离，
但从你的额头我却看出你的运气。

“现在就请你好好地记住我的话语：
　　光荣属于善战的将军，真是大快人心；
你的名字将到处传颂，伴随着胜利，
　　你的盾牌将高挂在皇城的大门③；
大海和陆地将在你的面前屈膝，
敌人将忌妒你那得天独厚的运气。

“无论是在致命的风暴逞凶的时候，
　　那蓝色大海中凶险波涛的汹涌，
无论是敌人的箭石，还是阴险的匕首，
　　都不会轻易夺去胜利者的寿命……
在坚硬的铠甲下你将会安然无恙，
无形的保护神将为威严的大公设防。

“你的战马不惧怕危险的征战，

---

① 这首诗是根据卡拉姆辛《俄罗斯国家史》第1卷第5章的情节写成的。奥列格是10世纪基辅大公(882—912在位)。

② 当时住在罗斯东南部一带的民族。

③ 公元907年奥列格统率大军兵临皇城(今伊斯坦布尔)，同拜占庭签订胜利和约，他把盾牌挂在皇城大门上，纪念这次胜利进军。

它对主人的意图总是善于领会，
它会驯服地站在敌人的箭雨之前，
也会在血战的沙场上驰骋如飞。
无论是严寒或鏖战它都无所畏惧……
但你终将死于这匹心爱的坐骑。”

奥列格冷笑了一声——可是他的前额
和目光由于深深思虑而变得严峻。
他用手扶着马鞍，显得异常沉默，
接着从马背上跳下，神色有些郁闷；
这时他对马儿伸出告别的手，
亲切地抚摩、轻拍着忠实的朋友。

“别了，我的伙伴，我忠实的坐骑，
我们必须分手，各自走上自己的途程；
现在你休息吧！　我的脚再不会
踏上你身上那金光闪闪的马镫。
别了，请放心吧，只是别把我忘记。
你们，卫队的朋友们，请把马儿带去，

“让它披上马衣，盖上蓬松的毛毯，
牵着它到我的牧场上去吃草，
常给它洗澡，给它啜饮清澈的水泉，
把上好的粮食拿给它作食料。”
于是几个卫兵立刻把马儿带走，
又给大公牵来了另一匹骅骝。

有一次英明的奥列格正和卫队欢宴，
　　席间觥筹交错，杯盏声是如此欢洽。
他们的头发都已雪白，犹如日出前
　　光荣的山冈上那片洁白的雪花……
他们回忆起当年的峥嵘岁月
和战斗，他们曾在那里一起厮杀流血……

“如今我的老伙伴在哪儿？”奥列格问道，
　　“请告诉我，我那匹烈马在哪里？
它可健在？ 可还能那么轻快地奔跑？
　　它是不是还那么暴躁，那么顽皮？”
于是他听到回答： 在那陡峭的山冈上，
它早已进入了永不苏醒的梦乡。

这时威严的奥列格垂下了他的头，
　　心里暗自思忖：“那预言有什么灵验？
那占卜的昏聩老头真是瞎编胡诌！
　　我本不该相信他所说的预言！
要不然，那马儿至今还能带着我奔突。”
于是他想去看看那匹爱马的遗骨。

只见威严的奥列格骑着马登程，
　　伊戈尔①和一些老客人跟随在一旁，
他们真的看见第聂伯河畔有一座丘陵，
　　一块块高贵的马骨散落在山冈上；

① 奥列格的继承人(912—945 在位)。

任凭风吹雨打，尘埃撒落在那上面，
白骨上茅草随风起伏，像海上的波澜。

大公轻轻地向爱马的骸骨走去，
　　对它说："安息吧，我孤独的朋友！
你的老主人总算活过了你的年纪，
　　在追悼我的时候——这时刻已不要很久，——
不是你在刀斧下丧生，血染茅草，
也不是你用热血把我的遗骨浸泡[①]！

"试问，什么地方潜伏着我的死亡！
　　难道这堆马骨能把我置于死命！"
话音未落，一条墓地的毒蛇咝咝发响，
　　从死马的头骨里窜出，迅速地爬行；
蓦地像一条黑丝带缠住大公的脚，
被咬的大公突然发出一声惨叫。

酒勺在传递，美酒在冒泡，咝咝地响，
　　这里正举行奥列格悲哀的丧宴；
伊戈尔大公和奥丽加[②]呆坐在山上；
　　卫队正开怀畅饮在高高的河岸；
战士们回忆起当年的峥嵘岁月
和战斗，他们曾在那里一起厮杀流血。

---

① 当时习俗，战士死了，就杀掉他的坐骑陪葬。
② 伊戈尔大公的妻子。

* * *

只剩下我孤零零一个人，
所有的欢宴、朋友、情人
和轻飘的梦幻一起消失了，
我的青春也已经枯萎，
连同我飘忽不定的才能。
就像漫漫长夜中的蜡烛，
为快活的少男少女照亮，
到了狂热的欢宴将尽时，
在白昼的光华中黯然无光。

# 致弗·费·拉耶夫斯基[①]

我的歌手，我决不夸耀，
我会装出笑脸或假意痛哭，
用我的一篇篇诗歌来逗引
火焰般炽烈的心灵的关注，

我决不夸耀，在某些时候，
我那些另有用意的歌声
曾经平息过少女心上
忐忑不安和羞涩的冲动，

我决不夸耀，我曾经把淫荡
和仇恨押上讽刺诗的耻辱柱，
我那诗琴的严厉的声音
曾把恶行狠狠地惩处，

我决不夸耀，由于我不屈的诗魂，
由于我动荡的青年时期
对自由的热爱和饱受迫害，
我在人们当中享有盛誉——

不幸的命运决定判给我
另外一种最高的奖赏——

在自爱之中自得其乐!
在空幻的梦中独自幻想! ……
. . . . . . . . . . . . . . .

① 弗·费·拉耶夫斯基(1795—1872),是最早的十二月党人,他因在军队里进行政治宣传被捕,被监禁在季拉斯堡监狱。普希金这首诗是对拉耶夫斯基从狱中寄出的《致友人》一诗的答复。

# 致雅·托尔斯泰[①]函摘抄

你还在燃烧吗，我的明灯，
不眠之夜和酒宴里的朋友？
你还在翻腾吗，金光闪闪的酒杯？
快乐而俏皮的人们用你来饮酒。
你们还是依然如故，欢乐的朋友，
仍是阿佛洛狄忒和诗歌的知己？
爱恋的时刻和醉酒的时刻
是不是仍然应着自由、
懒散和悠闲的召唤飞去？
在孤寂的放逐中，我时时刻刻
猛烈燃烧着忌妒的想望，
我想象着你们，我看见了你们，
我借助回忆飞往你们的身旁。
瞧，它在那儿，那好客的住所，
那爱情和自由缪斯来临的清苑。
在那里，我们曾彼此起誓，
订下天长地久的同盟，
我们领略了友情的欢快，
戴着尖顶帽围坐在桌旁，
个个感受平等的可爱，
在那里我们纵情欢乐，
不断调换话题和美酒，

喧腾着故事和淘气的歌声，
我们的争论热烈而自由，
常爆出玩笑和斗酒的火星。
忠实的诗人们，我又一次听到
你们那使人沉醉的语言……
给我斟一杯彗星佳醪吧，
卡尔梅克人，祝福我身体康健！

① 雅·托尔斯泰，进步文艺团体绿灯社的创始人，十二月党人秘密组织幸福同盟的成员。普希金在流放中于1822年9月26日写了一封信给雅·托尔斯泰，这是其中的一段。

# 致弗·费·拉耶夫斯基[①]

你说得对，我的朋友——我枉然
　　蔑视慈悲的大自然赋予的才智。
我享受过悠闲，和快乐的缪斯共命运，
　　尽情地领略过慵懒的睡梦的恬适，

我接近过美色，赴过隐秘的筵宴，
　　听见过狂热的欢乐中的叫喊，
我接受过温存的缪斯片刻的赠与，
　　我那响亮的诗名在到处流传。

我享受过友谊——为了它，我献出
　　年轻生命的轻浮的华年，
我相信它，在那欢乐和自由的时刻，
　　当我们在欢宴中把酒杯频传。

我享受过爱情，不是用郁郁的思念，
　　也不是在无望的迷途中寻觅，
我享受过爱情，用我美妙的梦想，
　　在其中陶醉，感到如狂的欣喜。

在青年伙伴的谈论和笑闹之后，
　　我也有过劳作和灵感，

我因热烈的思考而独自心潮澎湃，
　　这时心头油然产生了甜蜜之感。

但这一切都过去了！　我心灰意懒，
　　这世界，这生活，这友谊，这爱情，
我如今已经把它们看透，
　　我憎恨这体验，它叫人心痛。

快乐的秉性已找不到痕迹，
　　心灵越来越变得麻木不仁，
它已失去了感觉。就像柔软的橡叶
　　在高加索的泉水中变得僵硬。

剥去这迷人偶像的外衣，
　　我看到了一个丑恶的幽灵。
但为什么这冷酷的世界如今
　　还惊扰着我这麻木和冷漠的心？

难道从前它曾经使我
　　感到如此庄严和瑰丽，
难道在这罪恶的渊薮之中，
　　我竟为有开朗的心而沾沾自喜！

这无知的青年在那里看见了什么，

---

①　这首诗是对拉耶夫斯基《狱中的歌手》一诗的回答，未完成。

他在寻求什么，为什么而奋斗，
有谁，有谁值得他这颗崇高的心
崇拜而又不感到害羞！

我曾经对那些冷漠的人群
不倦地宣讲过自由的真谛，
然而对于渺小而麻木的人群，
高尚的知心话却显得可笑至极。

---

到处是重轭、斧钺或者王权，
到处是恶棍或者胆小鬼，
暴君…………马屁精，
或者是偏见的顺从的奴隶。

## * * *[1]

令人陶醉的往日的知己，
我的忧愁和戏谑构思的友伴，
我认识你在我生命的春日，
在最初的嬉戏和梦幻的幼年。
我等着你，你——快乐的老婆婆，
在宁静的傍晚来到我身旁，
你穿着背心坐在我跟前，
戴着大眼镜，手摇着铃铛。
你轻轻摇着幼儿的摇篮，
哼着歌儿使我听得入神，
你在襁褓中留下一支芦笛，
你赋予它以迷人的声音。
幼年逝去了，宛如飘渺的梦。
你疼爱着这无忧无虑的少年，
在可敬的诗神中他只记得你，
于是你悄悄地去将他看望。
但那难道是你的形象，你的打扮？
你多么可爱；多么快，你的改变！
多明亮的火焰，你荡漾的微笑！
多明亮的火焰，你亲切的流眄！
你的云裳像狂澜一样翻卷，
勉强遮在你轻烟般的身上；

你身披鬈发，装扮着花环，
绝代佳人的头在散发着芬芳；
你雪白的胸脯佩戴着珠串，
泛着红光，在微微地发颤……

① 这首诗是献给诗人的奶妈罗季昂诺夫娜的。

# 致费·尼·格林卡[①]

当我在生活的欢宴中陶醉，
流放的厄运却来到我跟前，
我看到那群疯狂无忌的人
可鄙而懦怯的自私嘴脸。
我没有眼泪，愤慨地丢下
宴会的桂冠和雅典娜[②]的光辉，
但是，仗义慷慨的公民，
你的声音是我莫大的安慰!
即使命运决定了让我
再度遭受可怕的流放，
即使朋友对我翻脸无情，
犹如爱情对我反复无常，
在面临的流放中我将忘怀
他们蛮横无理的欺凌：
他们微不足道，阿里斯提得斯[③]，
只要你为我的无辜作证。

---

① 费·尼·格林卡(1786—1880)，俄国诗人，政治家，十二月党人。在普希金遭受流放时，他发表一首诗对普希金表示敬意。此诗即是对格林卡的回答。

② 希腊神话中的智慧女神。

③ 阿里斯提得斯(活动时期公元前5世纪)，雅典政治家和将军，提洛同盟开创人，被认为是正直和公理的榜样。此处用以比喻格林卡。

# 囚　徒[1]

我坐在阴湿监狱的牢房里面，
那里有一头关在笼中的雏鹰——
我的忧郁的同伴，它扑腾着翅膀，
在铁窗下面啄食血淋淋的食品。

它啄食着，丢弃着，不断望着窗外，
好像和我怀着同一个心思。
它用目光和叫声频频向我呼唤，
“让我们远走高飞吧！”它对我示意。

“我们原是自由的飞鸟，飞吧，伙伴！
飞到乌云后面那白雪皑皑的山上，
飞到激荡着蓝色波涛的大海边，
飞到只有风儿……和我漫步的地方！……”

---

① 这首诗可能是普希金在参观基什尼奥夫监狱后有感而作的。诗歌曾以歌曲形式广为流传。

## 1823

### 小　鸟

在遥远的异乡，我虔诚地遵守
故乡古老的风俗习惯：
在春光明媚的欢乐节日里，
我把一只小鸟放回蓝天。

于是我的心感到欣慰；
为什么对上帝有这许多怨尤，
至少我能够把一个生命
从手中放走，给予它自由！

* * *

奔腾的波涛啊，是谁阻遏了你，
是谁用镣铐锁住你雄健的步履，
是谁把你这汹涌的巨流
变为一潭昏睡的死水？
是谁用他的魔杖窒息了
我心中的希望、悲哀和欢乐，
麻醉了我激荡的心灵和青春，
让它们昏昏睡去，变得冷漠？
怒吼吧，风啊，掀起波浪，
摧毁这制造死亡的堡垒，
你在哪儿，暴风雨——自由的象征？
请你猛扫这潭被压制的死水。

# 夜

我为你唱出的歌情意绵绵而舒缓，
它震荡着这个沉静而漆黑的夜晚。
一支冷清的蜡烛点燃在我的床头，
我的诗行汇成了诗篇，潺潺地奔流，
这爱情的小河充满了对你的怀想。
在黑暗中你的明眸对我闪着亮光，
对我微笑，于是我听见了你的低语：
我的朋友，我的爱人，我是你的，我爱你！

* * *

我羡慕你啊，你这勇敢的大海之子，
你在帆影下和风暴中白了少年头！
你是否早就找到了平静的港湾——
你是否早就有过安谧快乐的一刻，——
但那诱人的波涛又重新向你招手。
来吧——我们心中都充满同一种愿望，
让我们离开这腐朽欧洲的海岸，
到遥远的天空、远方的国度去漫游；
这地面我已住厌，要寻找另一种自然，
我热烈向你问候，啊，自由的海洋。

# 恶　魔[1]

从前，我对日常生活中
所感受到的一切都觉得新鲜：
无论是少女的顾盼，树林的喧闹，
还是晚间夜莺的鸣啭——
那时候，种种崇高的感情、
自由、荣誉，还有那爱恋，
以及充满灵感的艺术，
都强烈地拨动我的心弦，——
可是蓦地有一种惆怅之感
给希望和欢乐投下阴影，
一个邪恶的精灵飞来了，
开始悄悄地缠上我的身。
我们的见面真叫人丧气：
它的狞笑，那奇异的瞥视，
那尖刻的语言都给我的
心灵注入了冷漠的毒汁。
它用无穷无尽的诽谤
企图试探上天的意志；
它硬把美好叫做幻想；
它更对灵感加以蔑视；
它不相信爱情和自由；
对生活更是百般嘲笑——

世上的万物它无一相信，

都不愿祝它们变得更美好。

① 普希金的一些同时代人以为这首诗是写亚·尼·拉耶夫斯基的心理的，对此普希金曾有过说明，揭示了这首诗的更深刻的意义。他写道："我认为批评家错了。很多人也持有这种见解。有的人甚至指出了普希金似乎想在这首怪诗中描写的那个人。看来他们猜错了。至少，我认为《恶魔》有更具劝谕性的目的。在人生最美好的时刻，还没有被各种经历弄得意气尽失的心和美好的事物是相通的。它是轻信的，富有感情的。但是现实中永远存在的矛盾渐渐在其中唤起疑惑，一种使人深为痛苦然而并不持久的感情。在永远摧毁了心灵最美好的希望和富有诗意的偏见之后，这颗心便死去了。无怪乎伟大的歌德把人类的永恒仇敌称为否定的精灵。普希金可能是想在《恶魔》中表现一下这种否定的精灵和疑惑，并在一幅令人愉快的图画中描绘出它们的特征和对我们时代的道德的可悲影响。"

## ＊　＊　＊①

有一个撒种的出去撒种②。

我是个孤独的播种者，在启明星
出现之前，早早就出去播种自由；
在那被奴役的犁沟上面，
我用纯洁而又无罪的手
撒下能繁殖生命的种子——
但我只是白白浪费时间，
枉费有益的思想和劳力……

吃你们的草吧，和平的人民！
正直的呼声不能唤醒你们。
何必把自由赠给牲畜？
它们只有任人宰割和剪毛的份。
系着铃铛的重轭和皮鞭
才是它们世代相传的遗产。

① 这首诗是在西欧革命运动受到镇压后写成的，反映了诗人的消极情绪。
② 题词引自《新约·马太福音》第13章第3节。

## *　*　*[1]

你能否宽恕我忌妒的猜疑，
我充满了爱的狂热的冲动？
你既然忠于我，又为什么喜欢
经常使我的心饱受惊恐？
一群追逐者聚集在你周围，
为什么你总显得那么可爱大方，
你美妙的流眄多情而含愁，
让他们空怀着非分的想望？
你主宰了我，使我如痴如醉，
你确信我忠于不幸的爱情，
可在一群狂热的追逐者之中，
你竟没有发现我默默无言，
和他们格格不入，独自恼恨。
你对我一言不发，一眼不看……
残酷的朋友！　即使我想走，
你也不担心和恳求地看一眼。
即使有另一个漂亮的女人
和我语意轻薄地交谈，
你也无动于衷；戏谑的责备
毫无情意，真使我心灰意懒。
你再告诉我：　我那永久的情敌
看见我和你单独在一起，

为什么要狡猾地向你问候？……
他是你的什么人？　有什么权利
生气和忌妒？　请你告诉我。
在早晚那些不方便的时刻，
母亲不在，你一个人，衣着随便，
为什么要接待这个来客？　……
但你是爱我的……和我单独在一起，
你是这么温柔！　你的亲吻
是这么火热！　娓娓的情话
充溢着你如此真挚的心灵！
我的痛苦使你觉得好笑；
但你是爱我的，我明白你的心。
亲爱的人儿，我求你，别再折磨我：
你不知道，我爱你多么热烈，
你不知道，我的痛苦多么深。

---

① 这首诗是写给阿玛丽亚·里兹尼奇的，她是一个意大利商人的妻子，普希金在敖德萨结识了她。

# 致玛·阿·戈利岑娜公爵夫人[①]

很久以前，在我的心坎里
就深深埋藏着对她的回忆，
她那短暂的关注久久地
成为抚慰我心灵的欢愉。
我一再默念她所赞赏的诗句，
我的诗，那生动悲凉的声音，
她一再诵读着，是那么真挚，
一定是深深打动了她的心。
她又一次满怀同情倾听
这充满眼泪和隐痛的诗琴，
如今她还亲自赋予它
自己优美醉人的声音……
不错！　虽然我生性孤傲，
我仍将深怀感念地想到：
我的诗名是由她造就，
或许也有灵感的功劳。

① 玛·阿·戈利岑娜是著名俄国统帅苏沃洛夫的孙女，对音乐极其爱好，曾唱过为普希金的诗谱曲的歌。

# 生命的驿车

有时候虽然负载沉重，
但驿车却跑得轻松利索；
豪爽的车夫——时间老人，
赶着车，从不走下驭座。

我们一早就登上驿车，
乐于让马车飞快地奔跑，
我们蔑视懒惰和安逸，
不断高喊着：快跑，快跑！……

但是到中午已没了豪气，
驿车开始颠簸，那山坡
和峡谷更使我们害怕；
我们喊着：慢点，别闯祸！

驿车继续向前方行驶，
到傍晚我们才习惯于旅行，
我们打着盹来到客栈，
而时间赶着马继续前进。

# 1824(米海洛夫村)

## 致雅泽科夫[①]

(米海洛夫村,1824)

自古以来,诗人们之间
总是结下美好的情谊:
同一种火焰激动着他们;
他们都献身于同一个缪斯;
他们的命运各各不同,
但在灵感上,他们是亲人。
我向奥维德的神灵起誓:
雅泽科夫,我的心和你很亲近。
我早就该在一天早晨,
走上通往杰尔普特的途程,
带上我那沉重的手杖,
跨进你那盛情的大门,
想到那几天快乐的相处,
我们随便而热烈的交谈,
还有你音调铿锵的诗句,
我回来时定会兴奋异常。
但命运恶意地把我戏弄,
我早就没有了栖身之屋,
只任凭专制意向的调动,
睡着了,也不知醒来在何处。

我时刻遭到迫害，如今
在放逐中苦度幽禁的生活。
诗人哪，请答应我的邀请，
别让我的热望遭到冷落。
我在乡下等候你。彼得的养子，
历代皇帝喜爱的奴仆，
曾被他们抛弃的亲人，
那黑人，我的外曾祖父②
曾在这里隐居。在这里，
他忘记了伊丽莎白女皇
辉煌的宫廷和慷慨的许诺，
在浓荫蔽日的菩提小径上，
在他对一切都淡漠的年岁，
怀念着远方非洲的故乡。
我等着你。等到那时候，
你会发现有一个浪荡汉，
我同一血缘和心灵的兄弟，
拥抱你我，在乡下的庭院，
那个缪斯的崇高的代言人，
我们的杰尔维格会赶来会面。
我们三个人将一起赞美
这个流放地的阴暗的房间。

---

① 这首诗是写给诗人雅泽科夫的。当时雅泽科夫和阿·尼·沃尔夫同在杰尔普特大学读书。普希金是在1826年雅泽科夫来到三山村时和他结识的。

② 指普希金的外曾祖父阿勃拉姆·彼得罗维奇·汉尼拔，原是黑人，被拐卖，彼得大帝将他收为养子，曾是彼得大帝的宠臣。米海洛夫村是伊丽莎白女皇赐给汉尼拔的领地。

我们将避开卫兵的耳目，
热烈赞颂自由的赠与，
我们将再次饮酒作乐，
重温青年时代的乐趣，
我们要让朋友们倾听
酒杯和诗歌的铿锵声音，
我们要用美酒和歌曲
赶走冬天傍晚的忧闷。

# 书商和诗人的谈话①

**书　商**

写诗对于您不过是消遣，
您只要坐一会儿就能写成，
您的声名马上就广为传播，
这喜讯立即就不胫而行：
都在说，一首长诗写就了，
那是最近精心构思的成果。
请您决定吧，我等您一句话：
您自己给它定一个价格。
我们立刻就用卢布来换取
诗神的宠儿写出的诗篇，
我们会把您的一页页手稿
变成一把可观的现款……
您为什么这样深深地叹息？
能不能赐教？

**诗　人**

　　　　　　我在把往事回想：
我记起了从前那个时候，
那时我心里充满了希望，
我这个快乐的诗人，写诗

是出于灵感，而不是为了金钱。
我仿佛又看到悬崖旁的住处
和那幽暗而孤寂的家园，
在那里，我摆下幻想的华筵，
常常请诗神缪斯来赏光，
在那里，我的声音显得更悦耳，
在那里，一些鲜明的形象
在夜晚灵感来临的时刻，
显出难以形容的美好，
久久地萦绕在我的头上！……
百花盛开的田野、月亮的银辉、
残破教堂里萧萧的风雨声、
老妈妈讲述的奇妙的故事，
一切都激动着我柔弱的心灵。
一个恶魔强行占据了
我的闲暇，指挥我的游戏；
它到处跟在我后面飞行，
对我发出奇妙的低语，
于是我的头充满了一种
令人难堪的火热的病痛；
脑子里产生了奇妙的幻想；
我那些得心应手的歌咏
便以整齐的节奏涌出，

① 此诗最初作为《叶甫盖尼 · 奥涅金》第 1 章的序诗发表。

并且和着铿锵的脚韵。
在音韵上能和我相比的只有
森林的喧响，或者是狂风，
或者是黄鹂的婉转的歌唱，
或者是潺湲的小溪的絮语，
或者是夜晚大海的涛声。
那时候，我默默无言地创作，
不愿意让那些无知的庸才
分享我火焰一般的喜悦，
我没有辱没缪斯赠与的
天赋，拿它做可耻的买卖；
我像个守财奴守护着它；
就像一个痴心的少年
默默无言而又骄傲地
守护着妙龄情人的礼物，
不让虚伪的世人看见。

## 书　商

但您的声名已给您带来
快乐，实现了您隐秘的心愿：
您的作品已广为流传，
而同时，那些陈腐的诗文
却覆盖着灰尘，原封未动，
枉然等待着它们的读者，
和那充满戏谑的称颂。

## 诗　人

这样的人该多么幸福：他要是
能保守心灵崇高的创造，
躲开人们如躲开坟场，
不期望感情得到酬报！
这样的人该多么幸福：做一个
沉默的诗人，不为声名所纠缠，
被那些可鄙的庸人遗忘，
默默无闻地离开人间！
比希望的幻梦更能骗人，
什么是声名？是读者的低语？
还是无知小人的攻讦，
还是庸碌之辈的赞许？

## 书　商

洛德·拜伦也有这种想法，
茹科夫斯基也这样说过，
但世人还是了解并买光
他们音韵优美的创作。
您的命运真值得羡慕：
诗人可以歌颂，可以揭露，
还可以用永恒的利箭惩治
遥远后世中的奸恶之徒；
他可以让英雄感到快乐，

把自己的恋人和科林娜①一起
飘然携上基菲拉②的宝座。
你们把赞美看成可厌的聒噪，
但女人的心却喜爱虚荣：
为她们写作吧，她们的耳朵
喜欢听阿那克里翁的赞颂：
在青春年华，我们把玫瑰③
看得比赫利孔山的月桂更可贵。

## 诗　人

那些充满虚荣心的幻想，
不过是狂热的青春的慰藉!
我也曾在旋风般的扰攘生活中
追求过美人明眸的一瞥。
那秀眼读过我的诗篇，
满含着情意绵绵的微笑；
那迷人的樱唇轻轻地对我
吟诵我那优美的诗稿……
但是够了！　幻想家已经
不肯为她们把自由牺牲，
让那些大自然娇养的宠儿，
让那些青年去歌唱她们。
但她们和我有什么关系？

---

① 古罗马诗人奥维德所歌颂的美人。
② 希腊神话中爱与美的女神阿佛洛狄忒的别名。
③ 指爱情。

我的生活在默默地流向荒原，
我忠实的诗琴发出的怨诉
已不能打动她们轻浮的心弦。
她们的幻想并不单纯，
她们并不能理解我们，
神的幻影、诗歌的灵感，
她们都感到好笑和陌生。
有时头脑里不由自主地
浮现出为她们引发的诗篇，
我不由得脸红，心隐隐作痛：
我为我的偶像感到羞惭。
我这不幸的人追求的是什么？
在谁面前我辱没自己的心智？
我用纯洁心灵的满腔热情
去歌颂谁才不感到羞愧？……

## 书　商

我欣赏您的激愤，这才是诗人！
不知道您为什么如此感慨，
但是难道说在那么多的
可爱女人中就没有个例外？
难道没有一个值得您
为她献上灵感和热情？
难道没有一个能以她
绝色的美貌赢得您的歌咏？
您怎么沉默了？

## 诗　人

　　　　　　为什么要拿
沉重的梦魇来扰乱诗人的心?
它会徒然折磨诗人的记忆。
怎么?　这还要世人费神?
所有的人都抛弃了我!……我的心
可曾留下一个难忘的影像?
难道我尝受过爱情的欢乐?
难道我曾为长久的怀想
所苦恼,悄悄地咽下眼泪?
哪里有一位美貌的小姐
用蓝天般的碧眼对我微笑?
我的一生难道只是一两个黑夜?　……
・・・・・・・・・・・・・・
那又怎么样?　爱情的悲叹
已令人厌倦,我的话语
只不过是狂人古怪的唠叨。
只有一颗心懂得它的意义,
那颗心也在悲哀地颤抖:
这是命中注定,难以回避。
啊,只要我想起那颗凋萎的心,
就可以复苏青春的活力,
从前诗情中翩翩的幻梦
也会被重新成群地唤起!　……
只有这颗心才能理解

我那朦朦胧胧的诗情，
只有它才能在我的心中
燃起爱情的圣洁的明灯！
唉，这都是一些枉然的空想！
它已经拒绝我心中发出的
呼吁、恳求和苦苦的思念：
就像天上的神灵一样，
它无需尘世热烈的情感！……

**书　商**

这么说，您已饱受爱情的折磨，
对人们的窃窃私语也感到憎恨，
您想要早日放下您那
充满激情和灵感的诗琴。
如今，您丢下嘈杂的社交界，
丢下缪斯和轻浮的潮流，
您究竟选择了什么？

**诗　人**

　　　　　　　　　　自由。

**书　商**

好极了。我有一言奉告，
请听我一句金玉良言：
这时代只讲买卖，这铁的时代
没有钱就与自由无缘。
什么叫名声？　那不过是诗人

破衣烂衫上鲜艳的补丁，
一辈子埋头积攒黄金吧，
我们要的是黄金、黄金、黄金！
我早就知道您会反对，
但我对您深有了解，先生：
您很珍爱自己的创作，
因为在您的创作热情中
沸腾、激荡着您的幻想；
可是幻想一旦枯竭，那时
您的作品也就等于零。
请恕我坦率奉告一句：
灵感，它可是不能卖钱，
但可以拿手稿做一笔交易。
有什么值得迟疑？ 急性的
读者早已在打听消息，
报刊编辑和饥饿的诗人
都围着我的书店乱转：
有的要为讽刺诗找养料，
有的要欣赏，有的要评判；
我坦白承认——您的诗稿
将会使我赚一笔大钱。

**诗 人**

您说得很对。这就是我的手稿。
就这样成交。

# 致大海

再见吧，自由自在的沧溟！
这是最后一次在我面前
展示你浩瀚雄伟的美景，
翻动你那蓝色的波澜。

这是我最后一次谛听
你沉郁的喧嚷、召唤的呼喊，
像谛听朋友悲戚的怨诉、
在告别时刻发出的呼唤。

你是我的心向往的境界！
我为一个隐秘的思想而痛苦，
默默无言、愁眉不展地
经常在你的岸边踯躅！

我多么喜欢你的回声、
你深沉的轰鸣、来自海底的喧嚣、
你在傍晚时分的寂静
和那变化无常的怒涛！

渔夫们那些普通的帆船，
在你变幻莫测的波涛上航行，

它们在勇敢地破浪前进：
但你发起怒来就无法制服，
成群的船舶会在你腹中葬身。

至今我还不能永远离开
你这枯燥的、静止的海岸，
不能欢天喜地地向你庆贺，
我这诗人的逃亡还不能
在波涛汹涌的海面上实现！

你等待着，召唤……可我不自由，
我的心灵徒然地挣扎：
我被一种强烈的感情所主宰，
于是我就在岸边留下……

有什么可惋惜的？　如今哪里有
我的无忧无愁的途程？
在你广漠的海面上，只有一件事
也许能够震动我的心。

一座悬崖，一座光荣的坟墓……
那些动人心魄的回忆
正沉没在死气沉沉的睡梦中：
拿破仑就在那里逝去。

在那里，他正在痛苦中长眠。

紧接在他后面，另一位天才[①]
像暴风雨的呼啸也离开了我们，
那是我们思想上的另一位主宰。

他曾为失去自由而痛哭，
如今逝去了，把桂冠留在世上，
咆哮吧，掀起惊涛骇浪吧，
啊，大海，他曾经为你歌唱。

在他身上体现了你的形象，
你的精气塑造了这位诗人，
他像你一样威严、深沉而阴郁，
也和你一样桀骜不驯。

世界空虚了……啊，海洋，
你现在要把我带到何方？
人们的命运到处都一样：
无论是文明，无论是暴君，
哪里有幸福，哪里就有人守望。

再见吧，大海！ 我不会忘记
你那庄严美丽的景象，
我将久久地、久久地倾听
你在黄昏时分发出的轰响。

① 指英国诗人拜伦，他于1824年4月19日逝世。

我将永远怀念你，我要把
你的悬崖和你的海港、
你的光和影、波浪的絮语
带进树林，带进寂静的穷乡。

# 致巴赫奇萨拉伊宫泪泉

爱情的泪泉，生命的泪泉！
我给你献上两朵玫瑰，
我爱你永不休止的絮语，
我爱你充满诗情的泪水。

你那银白色的蒙蒙细雾，
像寒露一样洒在我身上，
啊，涌吧，涌吧，欢乐的泪泉！
把往事对我轻轻地歌唱……

爱情的泪泉，悲伤的泪泉！
我问过你这大理石的建筑：
我见过对这远方国度的赞美，
但玛丽亚[①]的遭遇你却不肯吐露……

你这后宫黯淡的星星啊！
难道你已经把往事遗忘？
莫非玛丽亚和那莎莱玛
只是幻想中的两个形象？

也许这只是一个虚幻的梦，
在空漠的黑暗之中绘出

两个瞬息即逝的幻影，
心灵中朦胧的理想的人物?

① 传说玛丽亚是波兰公主，被鞑靼人的可汗吉利虏获。吉利对她产生了爱情，吉利的妃子莎莱玛出于忌妒，害死了玛丽亚。吉利在巴赫奇萨拉伊宫建造了一座泪泉以纪念玛丽亚。普希金曾以同一题材写作一首长篇叙事诗《巴赫奇萨拉伊泪泉》（见《普希金文集·叙事诗一》，上海译文出版社 1999 年版）。

# 葡　萄

我再不怜惜娇艳的玫瑰，
它已随着短暂的春天凋萎；
我喜爱藤蔓上结成的葡萄，
在山下成熟，果实累累，
它是肥沃的山谷的美玉，
它是金色的秋天的欣喜，
一颗颗椭圆形，晶莹透明，
犹如少女娇嫩的手指。

# 狂　风[1]

可怕的狂风啊，你为什么
把河边的芦苇吹向山谷？
你为什么把云彩驱往
遥远的天边，是这么愤怒？

不久以前，黑压压的乌云
还密密地布满整个天空，
不久以前，山上的橡树
还高傲地展示美丽的姿容……

但是你吹起来了，你在咆哮，
夹着雷鸣电闪，威震四处，
驱走了天上滚滚的乌云，
拔起了山上庄严的橡树。

但愿太阳光辉的面容
能从此放射出欢乐的光芒，
金风吹拂，把云彩戏弄，
芦苇在河边轻轻地摇晃。

---

① 这首诗是根据克雷洛夫寓言《橡树和芦苇》的情节写出的，但已赋予另一种寓意。普希金在 1830 年的誊写稿上注明写于 1824 年，这个日期可能是有意掩盖诗的用意。这首诗可能写于 1825 年，在得悉亚历山大一世死讯后写成。

# 1825

## 焚毁的情书[①]

永别了，情书，永别了！　是她的吩咐……
我久久地踌躇，我的手曾经几度
不愿把我的全部欢乐付之一炬！　……
可有什么办法，时候到了：烧吧，宝贝。
我下了决心，我的心不再犹豫。
贪婪的火焰已把素笺席卷而去……
只一分钟！……点着了！　燃烧……一缕轻烟，
缭绕着，连同我的祝祷慢慢飘散。
火漆在熔化、沸腾……啊，上帝！
那上面戒指压下的印记在消失。
烧完了！　黑色的信笺一团团卷起，
在轻飘的纸灰上那些珍贵的字迹
变成白色……我的心揪紧了。可爱的纸灰，
是我凄苦的命运中可怜的安慰，
请你长留在我这痛苦的心底……

① 这首诗写的是普希金焚烧伊·克·沃龙佐娃寄自敖德萨的信时的心情。普希金曾一度迷恋沃龙佐娃。

# 声誉的想望[①]

每当我陶醉在爱恋和柔情之中，
跪倒在你的面前，默默无声，
我总是望着你，心里想着：你是我的；
你知道，我是否想望着声誉，亲爱的；
你知道：我已远离那轻浮的社会，
对于诗人的虚名已感到索然无味，
我倦于长期的动荡，已完全不关心
那远方的指摘和赞扬的絮叨声音。
那些人言的褒贬难道会让我激动，
当你对着我垂下你那慵倦的眼睛，
伸出手来在我的头上轻轻地抚摩，
悄悄对我说："你爱我吗，你是否快乐？
你会不会爱上别人，像爱我一样？
好人儿，你永远不会把我忘在一旁？"
而我抑制着内心的激动，一声不响，
心里充满了醉人的欢愉，只是想，
不会有更幸福的时候了，分手的一刻，
那可怕的一天永不会到来……可结果呢？
眼泪、痛苦、变心、诽谤，一切都突然
落到我头上……我晕头转向，茫茫然
像一个在旷野上遭到雷击的旅人，
我面前的一切已黯然无光！　而如今

我却为一种从未有过的想法所苦恼：
我想望着声誉，为了让我的名号
时刻激动你的视听，为了让我的身影
环绕在你的身旁，为了一切都高声
在你的周围传颂我的业绩和诗名，
为了你在静谧中听到这可靠的声音，
便想起我们在花园里分手的时候，
我在夜的幽暗中向你提出的恳求。

---

① 这首诗是写给伊·克·沃龙佐娃的。

# 致普·亚·奥西波娃[①]

也许我已不会在平静的
流放生活中长久地幽居，
不会再为甜蜜的往昔感叹，
并且在静谧中把无忧的灵魂
奉献给那乡野的缪斯。

但即使在远方，在陌生的异乡，
我的心也将飞到你们家，
我将漫步在三山村的周围，
在它的牧场、小河旁和山冈上，
在花园里的菩提树荫底下。

当明媚的一天已经过尽，
那幽深的坟茔中也是这样，
常会有一个思乡的幽灵
飞往他的故乡的家园，
向亲人们投去深情的目光。

① 这是在普·亚·奥西波娃纪念册上的题词。下文“但即使在远方，在陌生的异乡”一句暗示诗人想逃亡国外。

*　*　*

保护我吧，我的护身符[1]，
保护我吧，在放逐的日子，
在我悔恨和焦虑的时日：
你是我悲伤时候的礼物。

当海洋在我面前震怒，
掀起波涛，发狂般喧腾，
当乌云里骤然响起雷声——
保护我吧，我的护身符。

当我在异乡感到孤独，
在碌碌无为中感到厌倦，
在火热的战斗中遇到凶险，
保护我吧，我的护身符。

虚情，那神圣而甜蜜的毒物，
心灵中令人迷醉的明灯……
当它变心，消失得无影无踪……
保护我吧，我的护身符。

但愿回忆不要再荼毒
心灵里的创伤，永远永远。

永别了，希望；沉睡吧，欲念；

保护我吧，我的护身符。

---

① 普希金把伊·克·沃龙佐娃送给他的一枚戒指称为护身符。

## 安德烈·谢尼埃[①]

### 献给尼·尼·拉耶夫斯基[②]

我虽然沉浸于悲哀之中，而且被囚禁，

我的诗琴仍然被唤醒……[③]

当整个世界都被震惊，

正凝神注视着拜伦的坟茔，

他的神灵却在但丁身旁，

谛听着欧洲诗琴的和鸣。

这时，另一位神灵正呼唤着我，

他早已停止饮泣，不再歌吟，

在那痛苦的日子里从断头台

走向坟墓里幽暗的清荫。

我带来一束鲜花，献给你——

歌唱爱情、树林和宁静的诗人。

不相识的诗琴弹奏起来了，

我唱着，你和他都听着我的歌声。

---

劳累的斧头又举起来了，

它正召唤着新的牺牲。

歌手准备就刑，忧郁的诗琴

　　将最后一次为他歌咏。④

明天要行刑，这是赐给人民的

　　家常便饭；但青年歌手的诗琴

要歌唱什么？他要歌唱自由：

　　这是始终不渝的决心！

“我向你致敬，光明的星球！

　　我颂扬过你那上天的面容，

　　当你火花般显现出来，

　　当你从风暴中跃出、诞生。

　　我颂扬过你那神圣的雷霆，

---

① 安德烈·谢尼埃(1762—1794)，法国诗人和政论家。18世纪末法国资产阶级革命初期，对革命抱同情，但主张君主立宪制。革命形势发展后，转到敌对立场，反对雅各宾派，为杀害马拉的凶手辩护，后被雅各宾派送上断头台。本诗中的片断(从“我向你致敬，光明的星球！”到“阴沉的风暴终将过去！”)曾被书刊检查机关删去，但却被冠上《为十二月十四日而作》的标题在社会上流传。此事被沙皇政府发现，引起一场长期的政治审查，普希金被传讯。普希金解释说，这首诗是在12月14日事件以前很久写的，诗的内容写的是法国革命，具体描写了攻破巴士底狱、在练马场宣誓、米拉波的答复、伏尔泰和卢梭的迁葬、路易十六被处死、罗伯斯庇尔的活动和国民公会。普希金指出这首诗和12月14日没有关系。审查拖延一年半之久，最后国务会议决定对普希金进行秘密监视。

② 尼·尼·拉耶夫斯基(1801—1843)，俄国将军，普希金的密友。

③ 原文为法文。题词引自谢尼埃的《年轻的女囚》一诗。

④ 原文为法文。像最后一线光芒，像最后一阵清风，

美丽一天的傍晚仍是那么绚丽，

在断头台下我还要把诗琴试弹。

(见安德烈·谢尼埃最后的诗)

——原注

当你摧毁那可耻的堡垒，
　　把那强权的世代的尊严
　　一扫而光，化成耻辱和尘灰。
我目睹你的儿子们肩负公民的使命，
　　英勇战斗，我听见战士们的约言
　　那充满英雄气概的宣誓，
对专制制度的回答，大义凛然。
　　我目睹他们那强大的浪潮，
　　摧枯拉朽，把一切冲刷干净，
那热情洋溢的政论家[①]满怀喜悦地预言，
　　整个大地将获得新生。
　　你睿智的天才放射着光芒，
　　那些神圣的放逐者的遗骨
已被移进了万古流芳的先贤祠；
　　揭去了偏见织成的幕布，
　　那朽烂的宝座已现出原形；
　　枷锁已被打落了，法律
以自由为支柱，宣告人人平等，
　　于是我们都欢呼：'幸福！'
　　啊，不幸！那原是荒唐的梦！
　　自由和法律在哪里？我们头上
　　只有斧头在实行统治。
我们推翻了帝王，却把凶犯和刽子手

---

① 指米拉波（1749—1791），18 世纪法国资产阶级革命时期斐扬派领袖之一。革命初期曾大胆揭发封建专制制度，但坚决维护君主立宪政体。1790 年背叛革命，为宫廷奔走。

选为皇帝。啊，可怕！啊，可耻！

然而，你啊，神圣的自由，
圣洁的女神，不，这不是你的错，
当人们在冲动、盲目地行事，
令人憎恶地蛮干的时刻，
你躲开了我们，你那治病的器皿
盖上了一块染血的纱布；
可是你会回来，进行复仇并带来光荣，
你的敌人会再度倾覆；
人民尝过你那神圣的玉液之后，
总想要再度将它痛饮，
仿佛被酒神诱得发狂，
他们到处寻觅，饥渴难忍。
他们终将找到你。在‘平等’的浓荫下，
他们将在你的怀抱中甜蜜地憩息。
阴沉的风暴终将过去！
可我不会看见你，光荣、幸福的日子：
我注定要上断头台。我正苦度最后的
时日。明天是刑期。刽子手将用得意的手，
对着无动于衷的人群，抓住我的头发，
提起我那被砍下的头。
永别了，朋友们！我那没有归宿的尸骨
将不会在我们的花园里长眠，在那里
我们曾度过求学和饮宴的欢乐岁月，
我们曾指定这花园作为我们将来的墓地。
但是，朋友们，假如你们

　　仍然珍惜对我的怀念，
请你们实现我这最后的一个心愿：
亲爱的朋友，请悄悄为我的命运痛哭，
当心你们的眼泪，别让它们引起怀疑，
在我们这时代，你们知道，流泪也犯罪：
如今，连亲兄弟也不敢互相怜惜。
我还有一个恳求：你们上百遍听过
我的诗，记载着瞬息思绪的随意之作，
我的青春岁月的多彩而珍贵的纪事，
在这些稿纸上记载着我的全部生活，
朋友们，这里有我的希望和幻想，
有眼泪，有爱情。我恳求你们，
向阿贝尔和凡尼①去索取。请保存
这纯洁缪斯的礼物。傲慢的舆论，
严酷的社交界，都别让他们知道。
唉，我的头颅掉得过早，我未成熟的才能
没有完成崇高的作品去为我赢得荣誉；
我很快就要死去。你们既珍爱我的魂灵，
啊，朋友们，那就为我保存这份手稿吧！
等到雨过天晴，你们这些信赖我的朋友
有时请聚集起来读读这忠实的稿本，
‘这就是他，’你们会说，在久久听过以后，
‘这是他的话。’而我，会忘记墓中的梦，
走进来，无形地坐在你们当中，

① 原文为法文。阿贝尔，我青春秘密的知己（哀歌一）：安·谢的朋友。凡尼，安·谢尼埃的恋人（见为她而作的颂诗）。——原注

听得出了神，因看到你们泪流满面
而感到欣慰……也许我又要为爱情
而感动；也许，我那位女囚[1]听到
爱情的诗，会脸色发白，感到悲痛……”

但这时年轻的歌手暂时停止了深情的
歌唱，低下头，沉浸于往昔的追念。
他的青春少年时光连同爱情、惆怅
在他眼前闪过。美人儿慵倦的双眼、
歌声、欢宴，还有那些热情洋溢的夜，
一一在眼前复活；他的心飞向了远方……
于是他的诗又汩汩地奔流，像小河一样。

“违背我心愿的才能，你把我引向何方?
我是为爱情，为诱人的宁静来到人间，
我为什么要抛弃悠闲生活的清荫、
自由和友人，还有那甜蜜的慵懒?
命运抚爱过我那黄金般的青春，
欢乐用无忧无虑的手赐予我奖赏，
圣洁的缪斯也分享过我的闲暇时光。
在热闹的晚会上，我为朋友们所钟爱，
我爽朗的笑声和诗歌曾经甜蜜地
响彻我那为家神所守护的书斋。
有一次我因酒神的扰乱而感到困倦，

① 原文为法文。见《年轻的女囚》（德·库安妮小姐）。——原注

心中蓦地燃烧起另外一种火焰，
早晨我终于来到一个我所钟情的
少女的家，可她却显得激动而忿怨；
那时她泪水盈眶，对我百般威吓，
责备我于饮宴之中将一生虚掷，
她驱赶我，咒骂我，又把我宽恕；
那时我的生活就这样甜蜜地流逝！
为什么我要抛下这懒散、单纯的生活，
来到这里，而这里却充满致命的祸殃、
粗野的热情、狂暴无知的群俗，
还有仇恨与贪婪！你把我引到了何方，
我的希望！现在可叫我怎么办，
我原来忠实于爱情、诗歌和静谧，
如今却和可鄙的大兵过起卑微的生涯！
可我怎么驾驭得了这烈性的马匹，
我怎能紧紧地拉起这无力的马衔？
我留下的是什么？一生痕迹，将被遗忘：
失去理智的忌妒，渺小粗暴的行为。
消失吧，我的声音，还有你，缥缈的幻象，
　　你啊，我的话，空洞的声音……
　　　　　　　　　　　　　　　啊，不！
　　你快住嘴吧，胆怯的哀怨！
　　你应该骄傲和快乐，诗人：
　　在我们时代的耻辱面前，
　　你不要低下恭顺的头颅；
　　你曾经蔑视强大的暴徒；

你的明灯曾愤怒地点燃，
用你无情的灯光揭露
无耻的统治者举行的会议①；
你曾鞭笞过他们，宣布
把这群专制的刽子手处死；
你的诗曾在他们头上轰响，
你号召打倒他们，你歌颂涅墨西斯，
你对马拉的信徒讴歌过
匕首和复仇的欧墨尼得斯！
当那神圣的老人用他僵硬的手
从断头台上取下戴皇冠的头颅，
你大胆地向他们伸出手，
狂怒的国民公会在你
面前直吓得瑟瑟发抖。
自豪吧，自豪吧，歌手，而你，残暴的野兽，
如今你可以把我的头玩弄：
它在你的爪子中。但是你听着，暴徒，
我的呼喊，我的狂笑将紧追你的影踪！
喝我们的血吧，活着吧，杀吧：
你反正是个侏儒，渺小的侏儒。
末日会来到的……它已经不远：
你终究要完蛋，暴君！愤怒

---

① 见他的抑扬格诗。谢尼埃遭到叛乱者的仇恨。他歌颂过夏洛特·科黛，辱骂过科洛·德埃尔布，攻击过罗伯斯庇尔。众所周知，国王曾在一封充满镇定情绪和尊严的信中请求公会给予他在对他作出判决后向人民申诉的权利。这封信是在1月17日夜间签署的，由安德烈·谢尼埃拟就。（H.德·拉·图什）——原注

最后必将爆发。祖国的号哭
将会唤醒疲惫的命运。
现在我走了……时候到了……你跟着我吧；
我等着你。”
这就是激昂的诗人的歌声。
一切又恢复了沉静。淡淡的灯光
在熹微的曙光中变得暗淡，
晨曦流进了监狱。于是诗人
向栅栏抬起庄严的双眼……
一阵喧响。来人了，在叫人。是他们！没有希望了！
响起钥匙、铁锁、门闩的声音。
在叫人……等一等，等一等，只要一天，一天：
死刑就作废了，所有的人
都能得到自由，而在伟大的
人民中间，将活着伟大的公民，①
没有人听见。队伍在默默前进。刽子手等着。
但友情给诗人赴刑的路途送来了安慰。②
断头台到了。他登上去。给了光荣一个名字③……
哭吧，为他而哭吧，缪斯！……

---

① 他在热月8日被处死，即在罗伯斯庇尔被推翻前夕。——原注

② 原文除第一句外均为法文。在赴刑途中，安·谢尼埃和诗人鲁什同坐一车。临刑时他们还在谈论诗歌。除了友谊，诗歌对他们就是世上最美好的事物了。他们谈论和最后赞扬的对象是拉辛。他们很想朗诵他的诗。他们选择了《安德洛玛克》第1场。（H.德·拉·图什）——原注

③ 最后一句原文为法文。在刑场他敲敲自己的头说：我这里还是有点什么的。——原注

# 致 * *[①]

我还记得那美妙的一瞬：
你在我面前飘然出现，
宛如纯真的美的化身，
宛如瞬息即逝的梦幻。

在那无望的哀愁的苦恼里，
在那喧闹的浮华的惊扰中，
我耳边萦绕着你温柔的声音，
我梦见了你那亲切的面容。

几年过去了。一阵狂暴的风雨
驱散了往日美好的梦想，
我已淡忘你温柔的声音
和你天仙般美丽的容颜。

在偏僻的乡间，在幽禁的日子，
我无所希求地虚度着光阴，
失去了歌咏的偶像，失去了灵感，
失去了眼泪、生命，失去了爱情。

如今我的心灵又苏醒了，
你又在我面前飘然出现，

宛如纯真的美的化身，
宛如瞬息即逝的梦幻。

我的心因喜出望外而欢蹦，
在它里面又重新涌动
歌咏的偶像，涌动灵感，
涌动眼泪、生命，涌动爱情。

---

① 这首诗是献给安娜·彼得罗夫娜·凯恩的。普希金于 1819 年在彼得堡和凯恩初次认识。流放在米海洛夫村时，又在 1825 年见到她。

## *　*　*[①]

假如生活欺骗了你，
不要悲伤，也不要气愤！
在愁苦的日子，要心平气和，
相信吧，快乐的日子会来临。

心儿把希望寄托给未来，
眼前的事情虽叫人沮丧：
但一切转眼就会过去，
一过去，生活又充满芬芳。

① 这首诗是写给普·亚·奥西波娃的女儿叶·尼·沃尔夫的。

# 酒神之歌

欢乐的歌声为何静息了？
响起来吧，酒神之歌的合唱！
万岁！曾经爱过我们的
妙龄的少妇和多情的女郎！
把你们的酒杯斟得更满吧！
把默默祝愿的戒指
投进叮当作响的杯底，
投进浓郁的酒浆里！
让我们举杯，一饮而尽！
祝缪斯万岁！祝理性万岁！
神圣的太阳，你燃烧吧！
就像在鲜艳的朝霞出现之前，
这盏小灯将失去光辉，
面对着智慧的永恒的太阳，
虚假的学识也将变成一堆死灰。
万岁！太阳，让黑暗永远隐退！

## * * *[1]

比起田野初放的繁花，
残存的花朵更可亲。
它在我们胸中勾起的
愁思会更加鲜明。
同样，离别的时刻有时
比甜蜜的相逢更动人。

---

① 这首诗是赠给普·亚·奥西波娃的。

# 十月十九日[①]

树林脱下了深红色的衣衫，
严寒给凋敝的田野披上银装，
白日仿佛是不得已露露面，
立即就躲进群山的后面隐藏。
燃烧吧，我冷清房间里的壁炉，
还有你，美酒啊，秋寒的友伴，
请在我胸中注入快慰的醉意，
让我暂时忘却心中的忧烦。

我是多么忧伤，没有一个友人
可以和我对饮，共叙久别之情，
我本来可以亲切地握着他的手，
衷心祝愿他常年快乐称心。
我独自啜饮，心中枉然
呼唤着昔日周围的那些友人；
我听不见熟悉的脚步声渐渐走近，
我的心也不再等待挚友的来临。
我独自啜饮，在涅瓦河畔
朋友们今天也会想起我的名字……
但你们可有许多人在一起欢宴？
还有谁的名字你们未曾提及？
有谁背弃了这个美好的惯例？

有谁被冷酷的社会吸引而离去？
谁的声音在亲切的欢聚中沉默？
谁没有来？还有谁已离开人世？

他没有来，我们那鬈发的歌手②，
连同火热的眼睛、悦耳的六弦琴
在美丽的意大利的香桃木树下
静静地长眠了，那友爱的匠人
没有在这个俄国人的墓碑上
用他祖国的文字刻上几句铭文，
让北国的游子一旦来到这异乡，
好找到这位故人凋敝的孤坟。

喜欢异国的风光，不肯安静的人③，
你可坐在自己的朋友们当中？
或者是重新去到炎热的热带，
又造访北方海洋中永恒的冰层？
一路平安！……从皇村学校门口
你轻易地走上远航的巨舶，
从此你在海上找到自己的道路，
啊，你这惊涛骇浪的宠儿！
在漫游世界的生涯里你保持了
美好年华中最初的生活习惯：

---

① 10月19日是皇村学校开学纪念日，普希金这一班毕业生每年都要庆祝。
② 指科尔萨科夫，他在1820年死于意大利。
③ 指费·费·马丘什金，俄国航海家，曾多次参加海上探险。1825年参加环球航行。

在滚滚的波涛中你曾经回忆起
皇村学校里的嬉闹和游玩；
你从海外向我们伸出手来，
你年轻的心只惦记着我们，
还一再吟哦:“那不可知的命运
也许决定了我们要长久离分！”

朋友，我们的情谊是多么美好！
它像灵魂不可分割，与世长存——
它坚如磐石，自由，充满了欢乐，
是在亲密的缪斯庇荫下结成。
无论命运把我们抛向哪里，
无论幸福把我们带到何方，
我们永不变心：世界是别人的，
只有皇村才是我们的故乡。

在风暴的追逐下，我到处飘零，
在严峻命运的罗网下难以脱身，
我精疲力竭，战栗着，把多情的头
靠在新交的怀里等待着温存……
我发出悲哀而热切的恳求，
怀着早年那种信赖的期望，
把温柔的心向新的友人奉献，
可是那冷漠的接待却使人悲伤。

而如今，在这被遗忘的荒野里，

在这风雪和寒冷侵袭的住所，
我却得到了甜蜜的欢乐：
我在这里拥抱了你们中的三个，
我心灵的朋友。啊，我的普欣，
你第一个来到遭贬诗人的庭院，[①]
给凄凉的放逐日子送来了安慰，
把它变成皇村学校欢乐的一天。

你啊，戈尔恰科夫[②]，天生的幸运儿，
我要称赞你——福耳图那的寒光
并没有改变你自由的心灵：
你仍刚正不阿，对朋友忠诚如常。
严酷的命运让我们各奔东西，
一走进生活，我们便分道扬镳；
但谁又想到，在这山村的路上，
我们竟不期而遇，像兄弟般拥抱。

当命运的怒火烧到我的头上，
我像个饱尝白眼的无家孤儿，
狂风暴雨中我低下疲惫的头，
我等着你，波墨斯河女神的使者[③]，
你来了，充满灵感的闲散的游子，

---

① 普欣曾于 1825 年 1 月到米海洛夫村看望普希金。

② 戈尔恰科夫长期担任沙皇政府外交官，1825 年 9 月偶然在亲戚家和普希金见面。这次见面是冷淡的。

③ 使者，一译先知，传达神的意旨的人。此处指杰尔维格，他曾在 1825 年 4 月到米海洛夫村看望普希金。

啊，我的杰尔维格，你的声音
唤醒了我沉睡已久的心灵之火，
于是我又兴奋地颂扬起命运。

从幼年起我们心中就燃烧着诗魂，
我们都体验过那动人的激情；
从幼年起两个缪斯就向我们飞来，
在她们的爱抚下我们都感到幸运：
但我爱的是人们的赞扬和鼓掌，
你却严肃地歌唱，为了缪斯和心灵，
我虚掷才华如同虚度光阴，
你却在宁静中培育自己的才能。

侍奉缪斯不允许碌碌无为，
美好的事物必须庄严崇高：
但青春却狡黠地教唆我们，
醉生梦死曾使我们欢乐逍遥……
一旦醒悟过来，已经为时太晚！
不堪回首——岁月没留下痕迹，
告诉我，威廉，我们是不是这样，
我的诗歌和命运的同胞兄弟？

够了，够了！这个世界不值得
我们为它痛苦；忘掉过去的迷误！
让我们躲进荒僻幽静的住所！
我等着你，我姗姗来迟的朋友——

来吧，用你娓娓动听的叙述
引发我心中深藏的往事；
让我们谈谈高加索的火热日子，
谈谈席勒，谈谈爱情，谈谈荣誉。

也该轮到我了……畅饮吧，朋友们！
我想象到了欢乐团聚的一天；
请你们记住一个诗人的预言：
一年会飞快过去，我将和你们见面，
我梦想中的预言会成为现实；
再一年，我将和你们欢聚一堂！
啊，那时会有多少眼泪，多少欢呼，
有多少酒杯，高高地举到天上！

斟满第一杯，朋友们，斟得满一些！
为我们的情谊，我们干了这一杯！
祝福我们吧，心花怒放的缪斯，
欢呼吧，我们的皇村学校万岁！
向全体爱护过我们的老师致敬——
他们有的健在，有的已离开我们，——
举起酒杯，聊表我们的谢意，
让我们捐弃前嫌，报答他们的大恩。

斟满些，斟满些！心儿在燃烧，
再干一杯，让我们喝个酩酊大醉！
但这是为谁？朋友们，请猜一猜……

对啊！为我们的沙皇，为沙皇干杯。
他也是个人！他为时势所逼迫。
他是流言、猜疑和情欲的奴隶，
让我们原谅他那不义的迫害吧，
他创办了皇村学校，他攻克了巴黎。

都来欢宴吧，乘我们还在这里！
唉，我们的人正在一天天减少，
有的长眠，有的独自漂泊在远方，
命运正瞧着我们一天天衰老；
光阴流逝，我们日渐佝偻和冷漠，
正在逐渐走完人生的历程……
我们当中是谁在年老的时候，
将独自庆祝皇村学校的节庆？

不幸的朋友！在新的一代人当中，
他会成为陌生讨厌的多余人，
他将想起我们和这团聚的一日，
用战栗的手掩住自己的双眼……
愿他高高兴兴，哪怕带点哀愁
在酒杯的陪伴下度过这一天，
就像如今的我，你们被贬的隐士，
无忧无愁地把这一天纪念。

# 夜莺和布谷[①]

在树林中，在悠闲的幽暗夜色里，
聚集着各种春天的歌手，
咕噜、啁啾、鸣啭，声声入耳，
只有糊涂的布谷咕咕不休，
自鸣得意，像个唠叨的婆娘，
它只会咕咕地叫个不停，
连回声也一样叫人扫兴。
它咕咕叫着，真让人难过！
要能躲开多好。上帝啊，求你
让我们摆脱这咕咕叫的哀歌！

① 此诗普希金用以讽刺当时社会上流行写哀歌的风气。

# 冬天的晚上

暴风雪把天空蒙上阴云，
雪花在旋风中翻飞飘舞，
风暴时而像野兽般咆哮，
时而像婴儿一般啼哭，
时而在衰败的屋顶上呼啸，
把茅草吹得沙沙直响，
时而像一个迟归的旅人，
敲打着我们家的门窗。

我们这座破旧的茅屋
是那么寒伧，是那么阴暗，
我的老妈妈，你呀为什么
呆坐在窗旁默默无言?
是不是暴风雪的猖獗呼啸
让你感到困倦，我的奶娘，
是不是你那吱吱响的纺车
在催你渐渐进入梦乡?
喝一杯吧，是你陪伴着我
度过这不幸的青春岁月，
让我们借酒浇愁吧，请给我酒杯，
这样心头就会松快些。
给我唱支歌吧，唱唱山雀

怎样在海外默默地生息，
给我唱支歌吧，唱唱少女
怎样在清晨到井边去打水。

暴风雪把天空蒙上阴云，
雪花在旋风中翻飞飘舞，
风暴时而像野兽般咆哮，
时而像婴儿一般啼哭。
喝一杯吧，是你陪伴着我
度过这不幸的青春岁月，
让我们借酒浇愁吧，请给我酒杯，
这样心头就会松快些。

# 风　暴

你可看见那峭壁上的少女，
她身着白衣，俯视着波涛，
当大海在疯狂的暴风雨中
同海岸嬉戏，汹涌咆哮，
当雷电的闪光时时发出
红色的光芒照亮她的丰姿，
海风飞驰而来，扑打着
她那轻飘柔软的白衣?
多么壮丽啊，那暴风雨中的大海，
那闪电中阴云密布的天穹，
可是请相信：那峭壁上的少女
却比波涛、天空和风暴更动人。

* * *

悲伤的月亮在空中
遇到快乐的霞光，
一个热烈，一个冰冷，
霞光鲜艳如新娘，
月亮苍白像死人，
爱尔维娜，我遇见你就是这样。

## 1826

### * * * ①

在她祖国的蔚蓝色天空底下，
　她心中苦恼，渐渐憔悴……
她终于凋谢，她那年轻的芳魂
　也许已在我头上翻飞；
但我们之间横隔着一道鸿沟，
　我纵使动情也还是枉然：
我从冷淡的嘴里听到她的噩耗，
　我听着它也是一样冷淡。
我钟情于她用我火焰般的心灵，
　我对她是那样深沉专注，
我思念她是那么情深那么哀愁，
　是那么疯狂，又那么痛苦！
哦！　对于这可怜的轻信的芳魂，
　我的痛苦和爱情又在哪里？
而忆起那一去不返的甜蜜往昔，
　我既没有怨恨，也没有眼泪。

① 这首诗是诗人在听到意大利女郎阿玛丽雅·里兹尼奇的死讯后写作的，当时里兹尼奇已去世一年半。普希金是在听到五个十二月党人被处死的消息的第二天（1826 年 7 月 25 日）听到里兹尼奇的死讯的。由于对十二月党人五个领袖的被害极其悲痛，相比之下对里兹尼奇的死讯就只能淡然了。

## 自　白

### 致亚历山德拉·伊凡诺夫娜·奥西波娃[①]

我爱您，虽然我生自己的气，
虽然这是枉费心机而可耻，
我要匍匐在您的脚下，
承认这件不幸的蠢事！
我和您不相称，年龄不相当……
是时候了，我该理智一点！
但根据各种征象，我知道
相思病已侵入我的心坎；
您不在，我寂寞，直打哈欠；
您在场，我忧郁，可我愿意；
我忍耐不住，很想对您说：
“我的安琪儿，我多么爱您！”
有时候，我听见客厅里响起
您轻盈的脚步，沙沙的裙声，
或者您少女天真的声音，
我顿时就失去全部的理性。
您一微笑，我就觉得快乐，
您一转身，我就觉得忧愁，
您向我伸出苍白的纤手，
这就是苦熬一天的报酬。
有时候，您在绣架旁落座，

随意弯下腰，辛勤地刺绣，
垂下了您的眼睛和鬈发——
我默默而柔情地欣赏着您，
像个孩子，陶然于您的隽秀……
有时候，尽管天色阴沉，
您还是准备到远处去散心，
我可要对您诉说自己的不幸，
对您倾诉爱慕的苦闷？
对您说出您孤寂时的眼泪，
两人在屋角时的喁喁细语，
到奥波奇卡②去的那次旅行，
还有傍晚时弹钢琴的心绪？……
阿琳娜，请您可怜可怜我，
我不敢向您祈求爱情：
我的安琪儿，我不配您的爱，
也许就因为我罪孽深重！
但您就做做样子吧！ 您的眼神
是那么灵活，能装得维妙维肖！
啊，您要骗骗我并不困难！……
受了骗，我也会如获至宝！

---

① 亚·伊·奥西波娃是普·亚·奥西波娃的女儿，即阿琳娜。
② 奥波奇卡在普斯科夫省，离米海洛夫村和三山村不远。

# 先　知①

我在昏暗的荒漠中艰难跋涉，
饥渴的心灵让我深受磨难，
这时有一位六翼的天使
在十字路口上向我显现。
那天使的手指轻飘如梦，
他点了点我的一双眼睛，
于是我像一头受惊的鹰鹫，
睁开了一双先知的明瞳。
他又触了触我的耳朵，
于是双耳里充满了声响：
我听到高远天穹的颤动，
天使们在九天之上飞翔，
海里的动物在水下爬行，
山谷中藤萝枝蔓在生长。
他又贴近了我的双唇，
拉掉我那罪恶的舌头，
因为它好说空话又狡猾；
接着他伸出血淋淋的手
往我无法言语的嘴里
装上那智慧之蛇的舌头。
他又用剑剖开我的前胸，
摘掉我怦怦搏动的心脏，

把一颗燃烧着火焰的赤炭
放进我那打开的胸膛。
我躺在荒漠上像一具死尸，
忽然听见上帝在把我召唤：
“起来吧，先知，看吧，听吧，
在你的身上把我的意志充满，
你必须走遍天涯海角，
用话语去把人们的心点燃。”

---

① 这首诗是在十二月党人被判刑的消息传来后不久写成的。第一句开头原为：“巨大的悲痛使我深受磨难。”最后四句为：

“起来吧，起来吧，俄罗斯的先知，
穿上你那可耻的法衣，
到那可憎的杀人犯那里去，
把绞索套上他的脖子。”

此处杀人犯指沙皇尼古拉一世。

## 致伊·伊·普欣[①]

我的第一个朋友，我最宝贵的朋友！
我曾赞美过我的运命，
当我那孤独寂寞的庭院中
积满了凄清悲凉的白雪，
却突然响起你的马车的铃声。
我虔诚地祈求神圣的上苍：
愿我的声音飞到你的身旁，
带给你的心同样的慰藉，
愿它用皇村学校明丽日子的
光芒把你的牢房照亮！

① 普希金 1825 年幽禁在米海洛夫村时，普欣曾去看望他。1826 年普欣因参加十二月党人起义被流放西伯利亚，普希金托十二月党人尼基塔·穆拉维约夫的妻子把这首诗和《"在西伯利亚矿山的深处"》带去西伯利亚。普欣于 1828 年在赤塔收到这首诗。

# 斯坦司[①]

我毫无畏惧地正视着前方，
满怀着对光荣和仁爱的期望：
彼得的美好时代的开端，
已因叛变和酷刑而沦丧[②]。

但他以真理收服人心，
但他以科学转变风气，
他唾弃那些粗暴的近卫军，
唯独欣赏多尔戈鲁科伊[③]。

他以无所不能的帝王的手
无畏地散播着教育的种子，
他不轻视自己的祖国，
祖国的使命就在他的心底。

他又是学者，又是英雄，
又是航海家，又是木匠，
他有一颗海纳百川的心，
他永远是工人，居于皇位上。

你可以为家族的亲近而骄傲，
请在各方面学习你的祖先：

像他一样不知疲倦和坚定，

也像他一样不计前嫌[④]。

---

① 普希金写这首诗的目的，是想通过歌颂彼得一世来教育尼古拉一世，诗人呼吁他要在各方面向他的祖先彼得一世学习。

② 指当时近卫军的叛变和彼得一世的镇压。

③ 雅·多尔戈鲁科伊(1639—1720)，彼得一世的大臣，敢于对彼得一世直言进谏。

④ 此处含有要求尼古拉一世赦免流放在西伯利亚的十二月党人的意思。

# 冬天的道路

穿过层层波浪般的云雾，
月儿在云层里时隐时现，
它把一片凄清的银辉
洒落在荒凉的林中空地上。

在冬天空旷寂寥的道路上，
一辆三套马车在奔驰，
它一路响着单调的铃声，
叮当声催得人昏昏欲睡。

在车夫唱出的悠长歌声中，
响彻着亲切撩人的乡情：
一会儿是那么活泼欢畅，
一会儿又如此忧心忡忡……

没有灯火，没有黑魆魆的房舍……
到处是旷野，白雪皑皑……
只有那一根根长长的里程标
不断地向着我扑面飞来……

又寂寞，又忧伤……可明天，妮娜，
明天，我就回到心上人的身边，

我将在壁炉旁边陶醉，
瞧着你，永远不会厌倦。

时针会滴答滴答响着
按着节拍走完它的一圈，
午夜将送走讨厌的客人，
可是它不会把我们拆散。

多愁人哪，妮娜：路上真孤单，
车夫在打盹，再也不声响，
铃铛发出单调的响声，
薄薄的云雾又遮住月亮。

# 致奶妈①

我那严峻日子里的友伴，
我的年老体衰的亲人，
你久久、久久地把我等待，
一个人单独在茂密的松林。
你站在屋子的窗口底下，
像站岗一样，独自伤心，
你那皱纹累累的双手
不时地放下编结的棒针。
你望着我那久别的家门外，
那通向远方的黑色路径：
思念、预感、种种的忧虑，
时刻在你的心头翻腾。
你忽而感到…………

① 普希金的奶妈是阿琳娜·罗吉昂诺夫娜（1758—1828），他的童年和他流放在米海洛夫村的两年是和奶妈一起度过的。奶妈知道许多民间故事，她的讲述对普希金的创作有一定影响。这首诗是普希金结束流放生活回莫斯科后写作的，未完成。奶妈于 1827 年 3 月 6 日曾写信给普希金，信中说："来吧，我的天使，到我们的米海洛夫村来，我要把所有的马都派出去迎接你。"

## 1820—1826

* * *

啊，辛辣的讽刺的缪斯！
来吧，请你响应我的召唤！
我不要铿锵和鸣的诗琴，
请给我尤维纳利斯的皮鞭！
我写下刻薄挖苦的讽刺诗，
不是为了有人仿作诗文，
不是为了饥肠辘辘的翻译家，
不是为了顺从的蹩脚诗人！
祝你们平安，不幸的诗人，
祝你们平安，报刊上的走卒，
祝你们平安，驯服的蠢货！
而你们，一群卑鄙无耻之徒——
站出来！　我要用羞耻的烙印
对你们这些坏蛋施以重刑！
如果我万一遗漏了哪一个，
诸位，请你们快给我提醒！
啊，有多少苍白无耻的面孔，
啊，有多少空虚愚蠢的笨驴，
正准备从我这里取得
那永远无法磨灭的印记！

# 1827

## ＊　＊　＊[①]

在西伯利亚矿山的深处，
请你们保持坚韧的精神，
你们辛劳的汗水不会白流，
也不会空怀崇高的进取之心。

“灾难”的忠实姐妹——“希望”
就是在阴暗的矿山底层
也会唤起你们的勇气和欢乐，
那渴望已久的时刻终将来临。

爱情和友谊将会冲破
幽暗的牢门来到你们身旁，
就像我这自由的歌声
会飞进你们苦役犯的牢房。

沉重的枷锁将会打碎，
牢狱将变成废墟一片，
自由将热烈地迎接你们，
弟兄们会给你们送上利剑。

---

① 这首诗是托著名十二月党人尼·米·穆拉维约夫的妻子穆拉维约娃带到西伯利亚去的，曾以手抄形式广为传播。

# 夜莺和玫瑰

在幽静的花园里，在春夜的昏暗中，
东方的夜莺在玫瑰的枝头上歌唱。
但可爱的玫瑰无动于衷，也不倾听，
只在那倾慕的颂歌中打盹和摇晃。
你不也是这样给冷若冰霜的美人
唱歌？　清醒些吧，诗人，你在追求什么？
她不听也不理会你这诗人的歌声；
她那么娇艳，对你的呼求却报以沉默。

*　*　*

有一株奇妙的玫瑰：
在惊奇的阿佛洛狄忒面前，
受到了维纳斯的祝福，
开放得又鲜红又娇艳。
尽管严冬里寒气逼人，
阿佛洛狄忒和佩福斯[①]已冻坏，
那不凋谢的玫瑰却在
凋萎的玫瑰中独放异彩……

① 此处可理解为诗情。

# 致叶·尼·乌沙科娃[①]

在古代往往都是这样，
当鬼魂或魅影出现的时候，
念上一句普通的咒语，
就可以立刻把撒旦赶走：
“阿门，阿门，快点散去!”如今
少得多了，那些魔鬼和魅影
（上帝才知道，它们藏到哪里去）。
可是你，我的恶煞或善神，
当我在眼前亲眼看见
你的侧影、明眸和金黄的发辫，
当我听见你的声音，
你那欢乐、生动的言谈，
我的心便沉醉了，我全身燃烧，
在你的面前浑身战栗，
我会用一颗火热的心在幻想中
对你说：“阿门，阿门，快点散去。”

---

① 叶·尼·乌沙科娃(1809—1872)，普希金的朋友，1827年普希金常去她家造访。此诗写在乌沙科娃的纪念册上。

# 致叶·尼·乌沙科娃[①]

虽然离开您很远很远，
我的心并没有和您分离，
慵倦的嘴唇和慵倦的眼神
仍在折磨着我的愁思；
我在孤寂中将惆怅憔悴，
我却不想去寻求欢愉——
有朝一日我若被处了绞刑，
您会不会为我长长叹息？

① 此诗写于 1827 年 5 月 16 日离开莫斯科去彼得堡前夕。

# 三股清泉

在人世凄凉而无边的草原上
神秘地涌出三股清泉：
青春之泉，那是湍急汹涌的泉水，
它潺潺地奔流、激荡，波光潋滟。
卡斯达里之泉以它灵感的波浪
为人世草原的放逐者解渴。
还有一股是凛冽的忘怀之泉，
它最甜美，能浇灭心灵之火。

# 阿里昂[①]

我们许多人同乘一叶扁舟，
有的人用力拉紧了风帆，
有的人用那牢固的木桨
在深海中齐心协力地划船。
我们干练的舵手掌着舵，
默默地驾驭着重载的小船。
而我满怀着乐观和信心，
给水手们歌唱……突然海面
被一阵狂风掀起了巨浪，
舵手和水手们都不幸遇难!
只有我这神秘的歌手
被狂暴的风浪抛上了海岸。
我仍然高唱从前的颂歌，
在一座嵯峨的悬崖下面，
把我那浸湿的衣裳晒干。

---

① 阿里昂是古希腊诗人，传说在海上遇难，为海豚所救。这首诗写于 1827 年 7 月 16 日，即五个十二月党人领袖被处死一周年的时候。普希金用隐喻的手法表达了他和十二月党人的关系。

# 致莫尔德维诺夫[①]

叶卡捷琳娜时代的最后一头苍鹰[②]
在凄凉的晚年已渐渐匿迹销声。
他感到翅膀沉重，渐渐忘怀了
　　天空和品都斯陡峭的高峰。

这时你出现了：你的光芒温暖了他的心，
他睁开双瞳，振翼搏击长空，
他喜形于色，欢呼雀跃，霍地飞起，
　　去迎接你给他带来的黎明。

莫尔德维诺夫，彼得罗夫没有错爱你，
他为你骄傲，即使到了科齐特[③]河岸上：
你证明他的诗琴没有弹错，你永远不会
　　辜负英明诗人的希望。

你多么出色地实现了他的预言！
你闪耀着豪气、荣誉和学识的光辉，
在议会上你坚决维护自己的主张，
　　你屹立着，如另一个多尔戈鲁基[④]。

像灰白的岩石从高山滚落激流，
它屹立不动，任两岸剧烈震颤，

任电闪雷鸣，浪涛咆哮，在四周
　　翻滚、旋转，拍击着两岸。

你一个人用双肩挑起千斤重担，
监守沙皇的国库，你日夜警醒，
寡妇的小钱[⑤]和西伯利亚矿山的贡赋
　　在你面前是一样神圣。

---

① 尼·谢·莫尔德维诺夫(1754—1845)，伯爵，俄国国务活动家，1810年起任国务委员会委员，1821年起任国民和宗教事务司司长，主管财政，在进步人士中享有崇高威望。十二月党人准备在起义成功后委任他当临时政府成员。在处决十二月党人的判决书上，莫尔德维诺夫没有签名。

② 指俄国诗人瓦·彼·彼得罗夫，他曾写颂诗歌颂莫尔德维诺夫。

③ 希腊神话中阴曹地府里的河流。

④ 即多尔戈鲁科伊，参见本书《斯坦司》（“我毫无畏惧地正视着前方”）注。

⑤ 莫尔德维诺夫曾上书沙皇，要求取消死刑，减免穷苦阶层税赋，增加西伯利亚金矿收入。“寡妇的小钱”典出《圣经》，耶稣认为寡妇捐献的两个小钱是尽其所有，因此比别人捐献的多。见《新约·马可福音》第12章。

# 诗 人

当阿波罗还没有要求诗人
向他做出神圣的奉献，
诗人只囿于狭小的眼界，
在浮华的世上为琐事忧烦；
他那神圣的诗琴沉默着；
心灵在淡漠的梦中沉醉，
在无所作为的人们中间，
他也许比谁都无所作为。

但是诗人敏锐的耳朵
一听到神灵发出的呼声，
他的灵魂便会猝然一震，
犹如一头雄鹰被惊醒。
他会厌烦人间的游戏，
和世人的流言格格不入，
在人们供奉的偶像面前，
他再不会低下骄傲的头颅；
他变得落落寡合和严峻，
心中充满诗的音响和激情，
奔向万顷波涛的岸边，
奔向喧嚣不息的树林……

## * * *[①]

受帝王们赏识的诗人有福了，
他在金光灿灿的显贵们中间。
他擅长于哭哭笑笑的艺术，
并用苦痛的真理去点缀谎言，
他让迟钝的趣味得到快乐，
他让贵族的狂妄猎取美名，
他以诗歌装饰他们的华筵，
并聆听他们聪明的赞美声。
而这时在沉重的宫门外面，
民众却聚集在偏僻的后门旁，
拥挤着，被奴仆粗暴地驱赶，
远远地聆听诗人的歌唱。

① 这首诗未完成。

# 护身符[①]

在那海洋日夜拍击着
荒凉空旷的峭壁的地方，
在那里，月光更加温馨
照耀着傍晚甜蜜的时光，
在那里，穆斯林欢度着岁月，
在一群妻妾中寻欢作乐，
就在那地方，一个迷人的女人
抚爱着，把一道护身符交给我。

她抚爱着我，开口对我说：
“请把这护身符好好保存：
它含有一种神秘的力量！
这是爱情给予你的馈赠。
要祛除疾病，要避开死亡，
或处在狂风暴雨的袭击中，
亲爱的朋友，我这道护身符
都不能够拯救你的命。

“它既不能够给你带来
种种东方的金银宝贝，
也不能征服先知的门徒，
让他们对你表示敬畏；

我这道护身符也不能帮你
离开凄凉的他乡异域，
从南方回到北方的故园，
让你投入朋友的怀抱里……

“可一旦有一双狡黠的眼睛
突然让你感到心迷神醉，
或者有一双嘴唇在黑夜中
吻了你，可她对你并无情意——
亲爱的朋友，我这道护身符
便会保护你避免犯罪，
避免新的心灵的创伤，
避免遗弃和背信弃义。”

---

① 这首诗是普希金 1827 年在彼得堡重逢沃龙佐娃后写作的。

## 1828

# 回　忆

当喧闹的白日为世人沉寂下去，
　　在城市万籁俱寂的广场上
降下一片朦胧的夜晚的幽暗
　　和幻梦——白天劳动的奖赏，
这时那让人痛苦万分的失眠时刻
　　却在静谧中久驻我的头上：
在空闲的夜里，内心谴责的毒蛇
　　在我胸中更猛烈地把我咬伤；
我浮想联翩；在我愁思郁结的胸中
　　各种痛苦的思绪一起涌来；
往事的回忆像一幅长长的画卷
　　在我面前默默地展开；
我痛心疾首地回顾我的一生，
　　我不由得战栗并诅咒自己，
我沉痛地怨诉，悲伤落泪，但泪水
　　并不能洗掉悲哀的诗句。

# 你和您[①]

她无意中失言，把空泛的您
说成了亲热而随便的你，
于是在我痴情的心中
唤起了种种甜蜜的情思。
我若有所思地站在她面前，
目不转睛地把她凝视；
我对她说："您多么可爱！"
心里却在说："我多么爱你！"

① 1828年普希金曾爱上安·阿·奥列宁娜，并向她求过婚，但后来主动悔婚。奥列宁娜在日记中谈到这首诗时曾说："安娜·阿列克谢耶夫娜·奥列宁娜失言，称普希金为你，在下一个礼拜天，他即送来此诗。"

## ＊　＊　＊[①]

料峭的寒风还在呼呼地吹，
清晨的寒风在不断地袭来。
在春天融雪的地方刚刚
开出几朵早春的小花，
好像从那芬芳的储蜜的蜂房，
从那奇妙的蜡质王国里
倏地飞出了第一只蜜蜂，
它来到早开的花丛上面，
打听明媚的春天的消息，
这尊贵的客人是否即将光临，
草原是否就要变得葱茏，
那树枝纷披的白桦树啊，
是否就要长满黏性的嫩叶，
馨香的稠李是否就要开放。

① 这首诗是未完成的草稿，无韵。

## 她的眼睛[①]

### （答维亚泽姆斯基公爵诗）

她很可爱——我们私下里说说，——
能引起宫廷骑士们的恐慌，
她那切尔克斯人的眼睛
比得上南方夜空的星星，
更加比得上南方的诗章。
她敢于大胆地流转顾盼，
它们燃烧得比火焰更欢快；
但你得承认，我的奥列宁娜，
她的明眸才更加多彩！
那里蕴藏着多么深沉的灵性，
有多少童稚的天真烂漫，
有多少女性的慵懒神情，
又有多少柔情和梦幻！……
她垂下眸子，带着列丽[②]的微笑，
流露着美惠女神的得意；
她抬起眸子——拉斐尔的天使[③]
正是这样仰望着上帝。

---

① 这首诗是对维亚泽姆斯基《黑眼睛》一诗的回答，维亚泽姆斯基在诗中歌颂宫廷女官罗赛特的眼睛。

② 古代斯拉夫民族婚姻与爱情之神。

③ 指拉斐尔名画《西斯廷的圣母》中的天使。

* * *[①]

美人儿，你不要在我面前
把格鲁吉亚悲凉的曲子歌唱：
这些歌曲会让我想起
另一种生活和远方的海岸。

啊，你那些残酷的歌曲
会让我重新想起草原，
想起黑夜和那月光下
远方可怜少女的容颜……

看见你，我立即就会忘记
那命运赋予的可爱的形象[②]；
但你一歌唱，那影子立即
就会在我面前重新浮现。

美人儿，你不要在我面前
把格鲁吉亚悲凉的曲子歌唱：
这些歌曲会让我想起
另一种生活和远方的海岸。

---

① 据作曲家格林卡说，普希金偶然听到奥列宁娜唱这个曲子，后来便为这个曲子写了歌词。

② 指跟随丈夫流放到西伯利亚的拉耶夫斯卡娅（沃尔康斯卡娅）。

## 肖　像[①]

她有一颗燃烧的心灵，
她有一股狂暴的热情，
啊，北国的淑女们，她有时
傲然出现在你们当中；
她不顾社交界的一切规矩，
横冲直撞如入无人之境，
像一颗没有规律的彗星，
撞入秩序井然的星空。

---

① 这首诗描写当时芬兰总督、内务大臣阿·安·扎克列夫斯基的夫人阿·费·扎克列夫斯卡娅(1799—1879)，她行为古怪，热情奔放。

# 预　感[1]

一片片阴沉的乌云又悄悄地
飞卷聚拢在我的头上；
忌妒的命运又来威胁我，
要给我送来新的祸殃……
我对命运能否保持轻蔑？
我能否拿出骄傲的青年时代
那种倔强和坚忍的精神，
面对着厄运严阵以待？

我在动荡的生活中耗尽力量，
如今正沉着地等待风暴：
也许我还会转危为安，
又终于找到避难的码头……
但是我预感到分离在即，
难以逃过那可怕的时刻，
于是我急忙最后一次，
我的天使，将你的手紧握。

我的柔情温顺的天使，
你要轻轻地对我说再见。
你悲伤吧，在我面前抬起
或垂下你那温柔的秀眼；

对于你的思念和回忆
将在我的心坎里代替
那青年时代赋予我的
力量、尊严、希望和勇气。

---

① 诗人所写的《安德烈·谢尼埃》一诗以手抄本形式广为流传（一说是因《加百列之歌》的流传），引起沙皇当局的重视，并对诗人进行传讯，因而普希金预感到将再次受到迫害。这首诗是写给安娜·奥列宁娜的。

*　*　*

诗韵哪，灵感的闲暇
和灵感的劳作珍爱的
音调铿锵的女友，
你一声不响，沉默了；
啊，难道你已飞去，
永远背叛，背叛了我！

往日里你甜蜜的絮语
平息了我内心的战栗，
抚慰了我心头的悲哀，
你召唤，你和我亲昵，
你把我从现实生活中
带到遥远的福地。

你常常倾听我的声音，
紧紧追随我的梦幻，
像一个听话的孩子；
可如今，你游手好闲，
忌妒、任性而懒惰，
和我的梦幻嬉笑争辩。

我从未和你分离，

多少次我低首下心，
听从你古怪的念头；
我像个忠厚的恋人，
你爱我又把我折磨，
我对你则百依百顺。

啊，当奥林匹斯山
诸神在天上聚集，
假如你也能来到，
你可以和他们在一起，
那时你的家谱就能够
发出天神般的光辉。

赫西奥德[1]或荷马
拿起天国的诗琴，
曾经向世人叙述：
在蓊郁的泰吉特附近，
福玻斯曾为阿德墨托斯
放羊[2]，孤独而郁闷。

他徘徊在幽暗的树林，
天上的众多神灵
因慑于宙斯的淫威，

---

① 赫西奥德（创作时期公元前8世纪），希腊最早的史诗诗人之一。
② 希腊神话：福玻斯（阿波罗）因杀死为宙斯制造武器的铁匠库克罗普斯，被罚作弗赖国王阿德墨托斯的牧人。

没有谁敢于去访问
这主宰诗琴和芦笛的
光明与诗歌的神圣。

只有摩涅莫绪涅
犹记当初的幽会，
飞来抚慰他的悲痛
于是阿波罗的伴侣
在赫利孔幽暗的树林
生下了欢悦的果实。①

---

① 欢悦的果实指诗韵。此节说明诗韵的产生，它是记忆女神摩涅莫绪涅和阿波罗结合的产儿。

# 箭毒木[1]

在那瘠薄不毛的荒漠上，
土地被暑热烤得发烫，
箭毒木像个威严的哨兵，
独自站在空漠的世界上。

这里的大自然，那干旱的荒原，
在愤怒的时刻生出这毒树，
并在它致人死命的绿枝
和根须里面灌满了剧毒。

毒素从树皮上一滴滴渗出，
中午的暑热把它化为液汁，
到晚上它便完全凝固，
成了浓稠的透明的树脂。

鸟儿从不飞来树上栖息，
野兽也不靠近，只有黑旋风
袭击着这招致死亡的毒树，
而吹走时已经带上毒性。

如果有乌云从这里飘过，
滋润了它那茂密的叶子，

从它的枝叶上便会落下
毒雨，洒向炽热的沙地。

但有人却能用威严的目光
把另一个人派往箭毒木那里，
那受命的人乖乖地上了路，
于黎明前带回有毒的树脂。

他带回那致人死命的树脂，
还有叶子枯萎的树枝，
这时他那苍白的前额
冷汗淋漓，像一道道河水；

他带回了毒物已奄奄一息，
躺在窝棚下的树皮床上，
这可怜的奴隶终于死在
不可违抗的主人的脚旁。

而沙皇就用这些毒汁
涂在他那顺从的羽箭上，
他用这些毒箭把死神
送往附近的各个邻邦。

① 箭毒木是一种毒树，见血封喉属，生长在马来群岛等地。它的液汁多用来作箭毒。

# 小　花

我发现书里有一朵小花，
它枯萎，失去芬芳，被遗忘，
于是我的心中不由得
充满了种种离奇的遐想：

它在哪儿开放？　开在什么时候？
是哪一年的春天？　它开了多久？
是陌生人还是朋友把它摘下？
夹进这本书是什么缘由？

是为了纪念情意绵绵的幽会？
还是纪念命中注定的别离？
也许是在独自散步的时候，
采自浓荫下面，或荒僻的野地？

是他，还在世？是她，还健在？
如今哪里是他们栖身的家？
也许他们都已经枯萎，
就像这朵不知来由的小花？

# 诗人与群俗[1]

走开吧，无知的人。[2]

诗人漫不经心地抚弄着
他那充满灵感的诗琴。
他歌唱着——在他周围聚集着
冷漠、傲慢而无知的人群，
他们并没有听懂他的琴声。

愚钝的群俗纷纷议论着：
“他干吗这么高声歌唱？
无缘无故吵得人心神不安，
究竟要把我们引向何方？
他在弹什么？ 有什么教导？
就像一个任性的魔法师，
干吗要激动、折磨我们的心？
他的歌像风一样随心所欲，
因而也像风一样没有用处，
它能给我们什么补益？”

**诗　人**

住口，愚顽无知的人们，
为衣食而奔忙操心的奴隶！

我受不了你们无礼的怨言，
你们是蛆虫，不是天之骄子；
你们只懂得利益，你们按斤两
论算阿波罗神像的价值。
你们看不出它有什么益处。
可这石像就是神！……是不是？
烧锅对你们也许更可贵：
可以用它来烧东西吃。

## 群　俗

不，如果你是出类拔萃的人，
上天的使者，你就该好好
用自己的才能为我们造福：
引导伙伴们走上正道。
我们小气，我们诡计多端，
不知羞耻、恶毒、无情无义，
我们都是一些冷酷的人，
会造谣中伤，愚昧，是奴隶；
我们心中充满了罪恶，
但是你应该爱亲近的人，
你应该大胆地给我们训诫，
而我们也会听从你的指引。

---

① 这首诗是对沙皇和特务头子本肯多夫之流要利用普希金的笔为专制制度和反动政治服务的企图的答复。诗中的群俗不是指人民，而是指布尔加林这类御用文人和上流社会的一些庸夫俗子。

② 题词摘自古罗马诗人维吉尔的英雄史诗《埃涅阿斯纪》。原文为拉丁文。

## 诗　人

走开吧，与人为善的诗人
和你们从来就没有什么相干！
你们都在淫乱中麻木吧，
琴声不能让你们改恶从善！
你们像棺木一样叫人恶心。
由于你们的愚蠢和恶毒，
你们直到如今还保存着
皮鞭、监狱和杀人的刀斧。
够了，没有理性的奴隶！
在你们城里喧闹的大街上
清扫垃圾——倒是有益的事！
但你们的祭司能否放下
他那些礼拜、祭坛和祭祀，
拿起扫帚来清扫垃圾？
我们是为了灵感，为了
甜蜜的音响和祈求而生，
不是为了生活上的琐事，
不是为了贪婪和战争。

## 1829

# 致伊·尼·乌沙科娃[①]

## 题纪念册

您是大自然的宠儿；
它赐予您格外的恩惠，
我们无休止的赞扬，
您只看作讨厌的恭维。
您心中早已明白，
钟情于您无可厚非，
柳腰像西尔菲达[②]轻软，
神态像阿尔米达[③]妩媚，
您那嫣红的芳唇
宛如仪态万方的玫瑰……
我们的诗，我们的散文
您只觉得嘈杂而无谓。
但对您的美貌的回忆
却暗暗扣动我的心扉——
我将草草写就的诗句
谦卑地抄在您的纪念册里。
在那些日子，当围墙尚未
竖立在普列斯尼亚[④]周围，

也许您会不由得想起
一个人，他曾把您赞美。

---

① 伊丽莎白·尼古拉耶夫娜·乌沙科娃（1810—1872），普希金的女友，叶卡捷琳娜·乌沙科娃的妹妹（参见《致叶·尼·乌沙科娃》一诗）。
② 中世纪传说中的仙女，身轻如风。
③ 意大利诗人塔索长诗《解放的耶路撒冷》中的女主人公，美女。
④ 莫斯科的一个区，乌沙科娃家在普列斯尼亚广场，当时尚未有许多建筑。

* * *[①]

马车快到伊若雷[②]的时候，
我举目望了望洁净的天空，
我不由得想起您的眼神，
想起您那碧蓝的眼睛。
虽然您那少女的美貌
让我的心郁郁地沉醉，
虽然我在特维尔省那里
曾经被人戏称为恶鬼，
但是当我出现在您面前，
我却不敢贸贸然下跪，
我不想发出钟情的恳求
去随便惊动您的心扉。
也许我会闷闷不乐地
沉醉于社交界的酒绿灯红，
在麻木中暂时勉强忘记
您那姣好可爱的面容、
轻柔的身段、端庄的举止、
您那谨慎节制的谈论、
谦逊娴雅的文静神态、
调皮的笑靥和调皮的眼神。
如果不是这样……过一年，
我将顺着原来的路径，

来到你们宁静的田野，
不到十一月就钟情于您。

---

① 这首诗是写给阿·尼·沃尔夫的表妹叶·瓦·维里亚雪娃的，普希金在沃尔夫的特维尔省庄园结识她。

② 彼得堡前面最后一个驿站。

## 预　兆[1]

我来看您，快乐的梦幻
一幕幕在我脑际萦绕嬉戏，
明月在我右边泻下银辉，
伴随我矫健轻捷的步履。

我乘车走了，另一些梦幻……
我那苦恋的心是多么惆怅，
明月在我左边愁眉苦脸
一路伴着我返回村庄。

在孤寂中，我们这些诗人
总是沉湎于永恒的梦想；
于是带有迷信的预兆
便应和了内心的情感。

---

① 关于这首诗，诗人的女友凯恩在回忆录中写道："过了几天，在一个傍晚，他（普希金）来找我，在一只小凳（这只小凳我还保存着，把它当作一件圣物）上坐下，在一张便条纸上写下（这首诗）……写完以后，他用那嘹亮的声音朗诵着：'明月在我左边愁眉苦脸／一路伴着我返回村庄。'同时笑着说：'当然是在左边，因为我是在往回走。'"

＊　＊　＊[1]

夜晚的雾霭笼罩着格鲁吉亚的山峦，
　　阿拉瓜河在我面前淙淙流淌。
我忧郁而平静，心头的哀愁已经化开，
　　心头的哀愁充满了你的形象，
你的形象，只有你的形象……没有什么
　　能惊扰和折磨我惆怅的心怀，
心又燃烧起来，充满了情爱——因为
　　它不能不爱，不能不爱。

---

① 这首诗写于赴埃尔祖鲁姆途中。维亚泽姆斯卡娅将这篇诗稿寄给在西伯利亚的沃尔康斯卡娅时，告诉她，这首诗是献给娜·尼·冈察罗娃(普希金的未婚妻)的。

# 鞋　匠[1]

## （寓　言）

有一次某鞋匠端详着一幅画，
他指出图画中鞋子的错误，
画家立即拿起笔，随手改了改。
鞋匠手叉腰，看了看又指出：
“我觉得，这张脸有点儿扭曲，
而这胸脯也似乎太裸露……”
阿佩莱斯立即打断他的话：
“朋友，除了鞋子请别瞎咕咕！”

我也想到了一个朋友：
不知道他在哪一种营生中
是行家，虽然他嘴里不饶人；
可是他竟想要批评上流社会，
就让他去批评鞋子，看他行不行！

---

① 这首诗是讽刺纳杰日金的，因为他胡乱批评普希金的长诗《努林伯爵》。

# 顿　河[1]

在辽阔的田野中熠熠闪光，
啊，它在奔流！　……你好啊，顿河！
我从你远方的子孙那里
给你带来了亲切的问候。

许多河流把你看作光荣的兄弟，
它们都知道静静的顿河！
我从阿拉斯和幼发拉底[2]那里
给你带来了亲切的问候。

经过急速的长途奔驰，
顿河的骏马已经歇息，
正啜饮着阿尔帕柴[3]的清流，
感受到祖国的温暖和甜蜜。

请准备好吧，神圣的顿河，
请为我们英勇的骑手
准备好你那葡萄园里酿成的
沸腾的、闪闪发光的美酒。

① 这首诗是在从埃尔祖鲁姆的返途中写成的。
② 阿拉斯河是流经土耳其、俄国和伊朗的河流，它的上游离埃尔祖鲁姆不远。幼发拉底河流经土耳其、叙利亚、伊拉克等国，它的源头离埃尔祖鲁姆不远。
③ 阿尔帕柴河是阿拉斯河的支流。

## * * *[①]

（11 月 2 日）

冬天。我们在乡下该做些什么事？
我问给我端来早茶的仆役：
天气暖和吗？ 暴风雪是不是停息？
地上是不是积雪？ 是不是可以
起床套马，或者还是先翻翻
向邻居借来的旧杂志，直到吃午饭？
积了雪。我们起床，立刻骑上马，
在田野上奔驰于熹微的曙光之下；
手里执着长鞭，猎狗跟在后面，
双眼注视着灰白的雪地上边，
转了转，搜索过，天色已经不早，
追猎过两只兔子，只得往家里跑。
多么快活啊！ 但天黑了，暴风雪在咆哮，
烛光幽暗，心头郁积着烦恼；
我一滴一滴将寂寞的毒酒独酌。
想看看书报，眼睛从字母上溜过，
思绪飞往九霄云外……我把书合上，
拿起羽笔，坐下来，冥思苦想，
要从瞌睡的缪斯那儿挖出几个字。
可怎么也难以押上韵……我完全失去
对诗韵这古怪女仆的一切权利：
诗句冰冷而模糊，有气无力。

我筋疲力尽，不再和诗琴争辩，
往客厅走去，在那里听客人闲谈，
他们谈着近期的选举，谈到糖厂；
女主人阴沉着脸，像今天的天气一样，
她编织着，手里灵巧地活动着钢针，
或者占卜着红桃老 K 的命运。
苦闷哪！ 就这样在寂寞中苦度时日！
但当我们坐在角落里下跳棋，
傍晚时突然有一辆载人的马车
从远方来到这座荒凉的村落，
来了一家人：老太太和两位少女
（两姐妹，鬈发淡黄，亭亭玉立），——
这穷乡僻壤立即热闹起来！
上帝啊，生活就变得丰富多彩！
起初从一旁默默地端详对方，
然后交谈几句，接着拉起家常，
跟着是友爱的谈笑，晚间的歌曲，
飞转的华尔兹，桌子旁边的低语，
懒洋洋的凝视，带着挑逗的言谈，
狭窄楼梯上依依不舍的会面；
于是少女暮霭中走出大门外，
袒胸露臂，任风雪扑面打来！
北方的风雪无害于俄罗斯玫瑰，
严寒中的热吻是那么令人陶醉！
俄罗斯少女在雪花中是多么艳丽！

---

① 此诗写于特维尔省巴甫洛夫村巴·伊·沃尔夫庄园。

## 冬天的早晨

严寒和太阳，美好的一天！
俊俏的人儿，还睡意蒙胧——
不早了，美人儿，你快醒来：
睁开你甜美安睡的眼睛，
出来迎接北国的曙光，
你也是一颗北方的明星！

你还记得，昨夜风雪交加，
混浊的天空布满阴霾；
透过阴沉的乌云，月儿昏黄，
像一个斑点，微微发白，
你坐在那里，神情忧郁，
可是现在……且看看窗外：

在淡淡的蔚蓝色天空底下，
像一块绚丽夺目的地毯，
茫茫的积雪反射着阳光；
只有光秃的树林显得幽暗，
蒙着霜花的枞树苍翠欲滴，
小河在薄冰下晶莹璀璨。

整个房间被琥珀色的光辉

照亮。壁炉里火光熠熠，
发出愉快的爆裂的声音。
在床上幻想是多么惬意。
可是你说，要不要吩咐
给雪橇套上棕色的马匹？

亲爱的人儿，让我们乘上
雪橇，滑过清晨的白雪，
任凭烈性的快马奔跑，
我们要去看看空旷的田野，
不久前还是葱郁的树林，
还有那河岸，它是那么亲切。

*　*　*[①]

我曾迷恋过您，也许，爱情尚未
完全从我的心灵中消隐，
但愿它不再让您烦恼，
我也不想让您稍许伤心。
我默默地无望地爱过您，
为胆怯和忌妒而暗暗悲伤，
我爱您是如此真挚缠绵，
但愿别人爱您，和我一样。

---

① 这首诗是写给谁的，无从查考。一说诗中的“您”是指卡罗莉娜·索班斯卡娅，普希金在敖德萨时结识的女友。

*　*　*

每当我在热闹的大街上漫步，
或走进信徒众多的教堂，
或在狂热的少年中小坐，
我都沉浸于深深的遐想。

我要说：岁月在飞快地流逝，
无论我们这里有多少人，
总免不了都要命归黄泉，
而且有的人大限已临近。

每当我瞧着那孤独的橡树，
我就想：这位树木中的族长，
将比我被遗忘的一生更长命，
犹如比我的祖先活得更久长。

每当我抚爱着可爱的婴儿，
我心里就不由得想着：再见！
我将为你让出生存的地方：
我该腐烂了，而你将走向华年。

每一天，每一年，我都惯于
在深深的思索中将它们度过，

哪一天是我未来的忌辰，
我总是竭力把这一天猜测。

我的命运将让我死在何方？
在战场，在旅途，还是大海？
也许是邻近葱茏的山谷
将埋葬我这冰冷的遗骸？
虽然我这无知觉的遗体
在哪里腐烂都是一样，
但我还是更想要安息在
我喜爱的地方，在它的近旁。

让那些年轻的生命尽情地
在我的墓门前欢跃嬉戏，
让那静谧的大自然在那儿
永远显示它千姿百态的美。

# 高加索[1]

高加索展现在我的脚下，我独自高高
站在悬崖边上，底下是积雪的峰巅；
一头苍鹰从远处的山峰上骤然腾起，
平稳地翱翔着，飘然来到我的眼前。
我从这里看到那些急流的发源地，
那惊心动魄的雪崩发生时又多么壮观。

这里，乌云在我的脚下缓缓地飘过；
瀑布穿过乌云轰响着向下奔泻；
乌云下边是一座座嵯峨的巉岩山崖；
底下是干枯的苔藓和灌木的枯叶；
再往下是一片片树林，处处绿树成荫，
那里小鸟在啁啾，麋鹿在戏耍跳跃。

山坳里已有一些人在那里安家落户，
山羊在肥沃的山崖上缓缓地爬行，
一个牧人正走下风光明媚的山谷，
阿拉瓜[2]在浓荫蔽日的两岸当中奔腾，
一个贫寒的骑手隐入峡谷的小路，
捷列克在那里嬉戏，显得那么凶猛；

它嬉戏着，咆哮着，像一头初生的野兽，

在铁笼里远远看见了外边的吃食；
它怀着徒然的敌意猛烈冲击着两岸，
用它那饥饿的浪涛舔舐着巉岩绝壁……
但是枉然！　它既吃不到，也没有快乐：
无言的峭壁威严地将它紧紧管制。

---

① 这首诗是普希金在埃尔祖鲁姆之行中写作的，普希金原打算续写下去，但未完成。下面续写过四句：
法律就是这样迫害自由的激情，
蛮族就是这样在强权下受苦，
如今无言的高加索就是这样发怒，
异己的力量就是这样压迫它……

② 阿拉瓜和捷列克是高加索的两条大河。

# 雪　崩

巨浪轰响着，激起水花，
在阴郁的山崖上撞得粉碎，
我的头上雄鹰在鸣叫，
　　　　松林在絮语，
群峰在升腾的薄雾之中
　　　　银光熠熠。

有一次，巨大的雪块从那里
崩裂，隆隆地往崖下倾覆，
顿时堵塞了山崖之间
　　　　狭小的山谷，
阻遏了捷列克河凶猛的巨浪
　　　　前进的脚步。

啊，捷列克河，你困倦了，平静了，
你不再发出震天的怒吼，
但后浪还是怒不可遏，强行
　　　　把雪堆冲破……
你又撒起野来，狂暴地
　　　　把两岸淹没。

崩落的积雪久久没有融化，

庞大的雪块阻止了河流的通行，
于是愤怒的捷列克从它底下穿过，
　　　它扬起水尘，
哗哗地翻起浪花，流过
　　　冰雪的穹隆。
于是雪堆上出现了一条大道，
那上面，犍牛在迈步，骏马在奔驰，
草原上的商人也牵着骆驼
　　　在这里来来去去，
如今在那里飞奔的只有天庭的
　　　居民埃俄罗斯[①]。

① 希腊神话中的风神，此处指风。

# 卡兹别克山上的修道院

卡兹别克山哪，你耸立在群山之上，
你那帐篷似的巍峨的峰巅
闪耀着永远不灭的光芒。
你那隐藏在云彩后面的修道院，
宛如在天空中漂荡的挪亚方舟①，
在群山之上漂浮，若隐若现。

那是我所渴望的遥远的彼岸！
我多么想对山谷说一声“再见”，
登上那视野广阔的峰巅！
我多么想走进那云雾中的小室，
从此隐居在上帝的身边！ ……

① 圣经故事：太古时候，上帝降洪水除灭世上的一切生灵，义人挪亚奉神谕造方舟，带全家和用来留种的各种动物躲进方舟，幸免于难。150天后，洪水消退，挪亚一家和各种动物又重新繁殖。

# 皇村中的回忆[①]

为回忆往事而心情激荡，
我满怀甜蜜的思念之情，
花园是那么绮丽，在你神圣的薄暮中，
我低头走进你的胜境。
犹如《圣经》中的少年，挥霍无度，[②]
把满满的悔恨之杯啜饮干净，
终于看见自己亲切的家园，
于是低下头来，痛哭失声。

怀着转瞬即逝的狂热，
处身无益的浮华旋风，
啊，我耗费了许多心灵的财宝，
为了那无法实现的幻梦，
我久久地流浪，常累得筋疲力尽，
我痛心疾首，预感将遇上灾星，
我思念着你，这幸福美好的境地，
想象着这些花园的美景。
我想象着那个幸福的日子，
皇村学校在你们中诞生，
我又听见我们嬉戏时的欢声笑语，
重新看见一大群友朋。
我又成了亲切的少年，热情而慵懒，

心中秘藏着许多朦胧的幻梦，
我在草原和沉寂的树林里流浪，
　　像诗人一般怡然忘情。

　　我历历在目地看见眼前
　　浮现出昔日令人骄傲的遗迹。
伟大女皇喜爱的花园中仍处处
　　让人想到她往日的瑰伟。
那里有成群的殿堂，雄伟的宫门，
石柱、塔楼和天上诸神的偶像，
叶卡捷琳娜的雄鹰们③的铜像和石雕，
　　这是对他们的表彰和赞扬。

　　英雄们的英灵一个个坐在
　　为他们竖立的石柱旁边，
看吧，这是雷神④，他席卷敌阵，
　　曾经威震卡古尔河两岸。
这是北方舰队的坚强首领⑤，
他曾欣赏海上的大火飞腾、迸发，

---

① 这是一首未完成的诗稿，仿1814年《皇村中的回忆》。
② 指《圣经》中浪子回头的故事。
③ 指女皇叶卡捷琳娜时代的统帅。
④ 印欧和斯拉夫-俄罗斯神话中司雷电的神。此处指俄国统帅鲁缅采夫-扎杜奈斯基(1725—1796)。他在1768至1774年俄土战争中，在卡古尔河等地获得胜利。
⑤ 指奥尔洛夫-切什梅。

这是他忠实的哥哥[①]，希腊海[②]的英雄，
　　这是攻克纳瓦林的汉尼拔[③]。

　　我从童年就在这里长大，
　　常聆听前辈神圣的回忆，
这时候人民战争的滚滚洪流[④]
　　正汹涌澎湃，诉说着冤屈。
对血战的关注笼罩着我们的祖国，
俄罗斯在挺进，像波浪涌过身边，
前进着乌云般的骑兵、大胡子步兵
　　和一队队铿光闪亮的炮兵连。

——

　　我们注视着年轻的军人，
　　捕捉着远方战斗的炮声，
我们咒骂着……童稚的年纪，
　　并痛恨学业紧紧缠身。
许多人未能生还，在新的歌声中
长眠着光荣的战士，在鲍罗金诺战场，
在库利姆高地，在立陶宛萧飒的森林，
　　在蒙马特[⑤]附近……

---

① 指费·格·奥尔洛夫（1734—1783），奥尔洛夫-切什梅的哥哥，曾参加切什梅战役。

② 今爱琴海。

③ 指伊·汉尼拔（1736—1801），普希金的舅舅，在切什梅战役中率军攻克纳瓦林。

④ 指1812年卫国战争。

⑤ 在巴黎郊区。

## 1830

### * * *[1]

我的名字对于你有什么意义？
它将消失，就像远方拍岸的浪
发出的低沉凄凉的声音，
就像密林里夜间的声响。

它会在你的纪念册上面
留下没有生气的痕迹，
就像墓碑上面的花纹，
用的不知是哪一种文字。

它有什么意义？ 在新近发生的
扰人的激情里，它早已被忘记，
它不会让你的心灵产生
那种纯洁而撩人的回忆。

但在悲愁的日子，寂寞的时候，
请悄悄地呼唤我的名字；
说一声：世界上还有人记得我，
有一颗心没有把我忘记……

① 这首诗写在著名美人卡罗莉娜·索班斯卡娅的纪念册上。

# 十四行诗

不要轻视十四行诗，批评家。

——华兹华斯[①]

严肃的但丁不轻视十四行诗，
彼特拉克[②]给它倾注了爱情之火，
《麦克白》的作者[③]喜欢这游戏，
卡蒙恩斯的哀思以它为依托。

在我们今天，它也吸引了诗人：
华兹华斯把它选作工具，
用它来描绘大自然的理想，
而把世俗的浮华远远抛弃。

在遥远的塔夫里达山麓底下，
立陶宛的歌手[④]在严格的诗律中
瞬息间寄托了他的幻梦。
在这里，少女们还不熟悉它，

而杰尔维格已经为它而丢掉
六音步诗歌的神圣音调。

① 华兹华斯(1770—1850),英国浪漫主义诗人。

② 彼特拉克(1304—1374),意大利文艺复兴时期诗人,写有许多十四行诗。

③ 指莎士比亚。《麦克白》是他的著名悲剧。

④ 立陶宛的歌手指波兰诗人密茨凯维奇。他在游历克里米亚后,于 1826 年在莫斯科出版了《克里米亚十四行诗集》。

# 致大臣

（莫斯科）

只要和煦的西风一阵阵吹遍田野，
解除北方的枷锁，把温暖送回世界，
只要第一棵菩提树发出嫩绿的光彩，
亚里斯提卜[①]和蔼可亲的后辈，我就来，
我就来造访，我将看到你精美的宫殿，
看那建筑师的圆规、雕刻刀，还有调色板
如何在你高超的设计下各司其职，
充满灵感，竞相显示出迷人的技艺。

幸福的人，你已充分理解人生的真谛，
人生在世是为了享受，从年轻时候起，
你就善于让漫长安乐的一生过得
丰富多彩，尽一切可能，适度地玩乐；
欢乐和官运一次又一次接踵而来，
作为年轻的专使，由女皇[②]亲自指派，
你访问了菲尔奈，那位白发苍苍的哲学家[③]。
思想和时尚的领袖，大胆而且狡诈，
他喜欢居住在北方，那是他的领地，
他曾用垂老的声音向你亲切致意。
和你在一起，他显得极其快乐欣喜，
你享用了他的恭维，那是人间神仙的蜜汁。

你刚刚告别菲尔奈，紧接着又来到凡尔赛。
那里的人都在寻欢作乐，至于未来，
一概视而不见，正当妙龄的阿尔米德④，
第一个发出信号，让大家纵情欢乐，
她不理会命运将如何决定，只恣意
在一群轻佻的侍从簇拥下，醉生梦死。
你可记得垂阿农⑤和那热闹的嬉戏？
但你没有在甜蜜的毒鸩中消磨意气，
学问适时地成为你新追求的目的，
你远离了众人。 参加你这枯燥的筵席，
有神灵的信徒，有怀疑论者，还有人无新信仰，
狄德罗⑥坐在摇摇晃晃的三脚椅上，
他扔下头上的假发，在兴奋中闭起双眼，
滔滔地宣讲。 于是你得以谦恭地尝遍
无神论者或者自然神论者的杯杯佳酿，
像野蛮人聆听雅典的诡辩论者演讲。

　但是伦敦引起了你的注意，你的视线
密切地注视、分析着上下两院的论战：
这边激烈地攻讦，那边严厉地反击，
这正是新的文明不同寻常的强劲动力。

---

① 亚里斯提卜，古希腊哲学家。
② 指叶卡捷琳娜二世。
③ 指法国哲学家、作家伏尔泰（1694—1778），菲尔奈是他居住的地方。
④ 指法国国王路易十六的妻子玛丽-安托瓦内特王后。
⑤ 凡尔赛宫花园里的亭子，是玛丽-安托瓦内特喜欢逗留的地方。
⑥ 狄德罗（1713—1784），法国思想家、哲学家、作家。

也许，你对吝啬的泰晤士感到枯涩，
想游历到更遥远的地方。 生性快乐的博马舍①，
像他那奇妙的主人公那样令人捧腹，
在你面前殷勤，生气勃勃，光彩夺目。
他猜中你的来意：用他富有魅力的语言，
对你娓娓叙说美女的秀足和星眼；
某国的安乐，那里的天空永远晴朗；
那里慵懒的日子过得多么欢畅，
像少年热烈的幻梦，是那么兴奋疯狂；
那里的女人傍晚时总来到家里的阳台上，
观望着，不惧西班牙丈夫妒火狂燃，
笑眯眯地倾听着，和过路的外国人打招呼攀谈。
于是你怀着躁动的心，往塞维利亚飞去，
那是个多么可爱的地方，迷人的境地！
那里月桂在摇曳，那里的橙子已熟透……
啊，请你告诉我，那里的女人多风流，
多么善于把恋情和信仰结合在一起，
在大头巾下面暗中送出约会的信息；
告诉我，一封信如何透过窗栅送出，
金币如何让阴沉的姑母放松监督，
告诉我，那披着斗篷的二十岁年轻情人
如何在窗口下浑身战栗，心急如焚。

一切都改变了。 你看到凶猛的暴雨狂风，

① 博马舍（1732—1799），法国喜剧作家，作品有《塞维利亚的理发师》、《费加罗的婚礼》等。

一切都倾覆了，智慧和复仇结成了同盟，
令人胆战心惊的自由制订了法律，
凡尔赛和垂阿农双双被送上断头台处治，
阴森恐怖的气氛代替了昔日的欢阗，
在新的如雷的声名下[①]，世道在急骤改变，
菲尔奈早就无声无息，你的朋友伏尔泰，
是个例子，说明命运变化之快，
就是在九泉之下，他也得不到安生，
到今还没有一个可以安身的坟茔。[②]
霍尔巴赫、加利亚尼、狄德罗，莫尔莱[③]，
这些信奉怀疑主义的百科全书派，
以及善于讽刺的博马舍，没鼻子的卡斯蒂[④]，
一切，一切都已过去。 人们都已忘记
他们的见解、论断和热情。 看：在你周围，
一切新事物都在沸腾，把旧的扬弃。
亲眼目睹昨天的一切是如何覆亡，
年轻一代仍未清醒、认真思量。
他们收集着痛苦经验的迟缓果实，
匆匆计算着收入和支出如何相抵，
他们没有时间谈笑、和捷米拉宴饮，
也没有时间谈诗。 新的奇妙的琴音、

① 指拿破仑当了法国皇帝。

② 伏尔泰的骨灰在法国革命时期曾被迁入先贤祠，帝室复辟后又被扬于垃圾堆。

③ 霍尔巴赫（1723—1784），法国启蒙思想家、哲学家，无神论者。 加利尼亚（1728—1787），意大利经济学家。 莫尔莱（1727—1819），法国经济学家和著作家，《百科全书》撰稿人。

④ 卡斯蒂（1724—1803），意大利诗人。

拜伦诗琴的歌声都不能吸引他们。

只有你依然如故。跨进你家的大门，
我立即想到叶卡捷琳娜时代的情景。
那些图书室、雕像和丰富的绘画作品，
你那整齐干净的花园都向我证明，
你已在宁静安谧中对缪斯深深地垂青，
在幸福的闲暇时刻，你在诗歌中沉醉。
我听着你的谈话：你的言谈随意发挥，
充满青春活力。你对于美的作用
有深切的感受。你兴高采烈地随意品评
阿里比亚约娃①的娇艳和冈察罗娃的俏俊。
你愉快地欣赏着柯勒乔②和卡诺瓦③的杰出作品，
你不介入各种世俗的纷争忧烦，
有时你站在窗口笑看这些争端，
看到一切都是周而复始，反复出现。

罗马显贵也这样为了缪斯和悠闲，
在云斑石浴池和大理石宫殿里面
忘掉事务的旋风，安度他们的晚年。
从远方来访的，有雄辩的演说家，也有军人，
有脸色阴沉的独裁者，还有年轻的执政，
他们来这里，休息一两天，奢侈尽兴，
感叹这避风港的舒适，又踏上他们的行程。

---

① 阿里亚比约娃，莫斯科美人。
② 柯勒乔（约1489—1534），意大利画家。
③ 卡诺瓦（1757—1822），意大利雕塑家。

* * *[①]

当我把你苗条的纤腰
紧紧地揽在自己的怀里，
兴高采烈地娓娓向你
倾吐心中挚爱的话语，
你默默地把你柔软的腰身
挣脱我双手紧紧的拥抱，
我亲爱的朋友，你只是对我
报以不很信任的微笑；
你对那些有关我变心的
可悲流言总耿耿于怀，
你既不同情也不留意，
无精打采地听着我的表白……
我咒骂那罪恶的青春年代
一次次处心积虑的追求、
夜阑人静时在宅旁花园里
对约定幽会时刻的等候。
我咒骂那卿卿我我的絮语，
朗诵诗句时的故作神秘，
轻信的少女的温存、眼泪
和她们为时已晚的怨怼。

---

① 这首诗是写给娜·尼·冈察罗娃的。

# 致诗人[①]

诗人哪！　不必看重世人的爱戴。
狂热的赞誉不过是喧闹的一瞬；
你会听到愚人的评判、群俗的冷笑，
但愿你仍然坚强、平静和冷峻。

你就是皇上，你要独自生活下去，
走自己的路，自由的心灵会引导你前进，
让你心爱的思想的果实结得更完满，
不要去企求奖赏，为你高贵的功勋。

奖赏就在你手上，你就是最高的法官；
你会比别人更严格地评判自己的作品，
你感到满意吗，一丝不苟的诗人？

满意吗？　那就让群俗去谩骂吧，
让他们唾弃你燃烧着圣火的神坛，
让他们孩子般任意把你的供桌摇撼。

---

① 普希金后期的作品越是达到现实主义的高度，当时大多数批评家（包括一些曾热情赞扬过普希金的批评家）就越不能理解他的作品。布尔加林在普希金发表《叶甫盖尼·奥涅金》第7章后，就曾宣称诗人“完全堕落”了。此诗是普希金对这类批评的反应。

# 圣　母[1]

我并不想拿许多古代巨匠的杰作
挂满我的房间，用它们来作为装饰，
让客人把它们当作神物惊叹一番，
同时听着行家们一本正经的解释。

在我简陋的一隅，在我缓慢的工作中，
我只愿意日日夜夜观赏着一幅画，
只有这一幅：让圣洁的圣母和救世主
（她端庄娴静，他眼中闪耀着智慧的火花）

从画布上，仿佛从云彩中注视着我，
是那么和蔼可亲，笼罩着荣耀和光环，
他们站在锡安[2]的棕榈下，没有天使陪伴。

我的一切愿望都满足了。是创造的神
把你赏赐给我，你啊，我圣洁的圣母，
你是最纯洁的美之最纯洁的化身。

---

① 这首诗是献给诗人的未婚妻娜塔丽亚·冈察罗娃的。
② 耶路撒冷的一座山，是基督教的圣地。

# 哀　歌

那疯狂岁月的欢乐已经逝去，
它使我痛苦，犹如烦乱的醉意。
但往日的悲哀就好像那酒液，
在我心中停留越久就越浓烈。
我的道路是悲凉的，未来像海洋
汹涌激荡，只预示着操劳和悲怆。

然而，朋友，我不愿就这样死去，
我要活，为的是忍受痛苦和思维；
我知道，我也会有快乐的享受，
在我悲哀、忧心和焦躁的时候：
有时我会为诗句的和谐而陶醉，
也会为虚构的故事感动得落泪，
也许，在我生命的凄凉的黄昏，
爱情会亲切地微笑，和我离分。

# 皇村的雕像[①]

少女掉落了水罐，它在岩石上碰破。

　　少女悲伤地坐着，拿着无用的破罐。

真是奇迹！　破罐里源源不断地流出清水，

　　少女对着长流的水永远悲伤地坐着。

---

① 此诗描写俄国雕塑家帕·彼·索科洛夫（1764—1835）根据拉封丹的寓言《拿破罐卖牛奶的女人》创作的雕像（在皇村里）。原诗无韵。

# 韵　律

厄科[①]，不睡的女神，在珀涅河[②]边漫步。
　　福玻斯看见她，不禁燃起了爱情。
女神带来了钟情天神狂喜的果实，
　　在潺潺不息的那伊阿得斯中痛苦地
生下可爱的女儿。摩涅莫绪涅收养了她。
　　活泼的少女在阿奥尼德的合唱中长大，
她像颖悟的母亲，听从严格的记忆，
　　缪斯喜欢她，在人间称她为韵律。

---

① 厄科即回声，在希腊神话中为回声女神，山林水泉女神之一。她是天后赫拉的使女，宙斯爱上她，赫拉把她变为回声，让她只能重复其他声音的最后一个音节。

② 珀涅河是希腊的一条河流，起源于品都斯山，是缪斯居住的地方。

# 诀　别[1]

我最后一次大胆地想象，
对你的倩影百般温存，
我用爱的力量唤起想象力，
满怀胆怯和忧伤的温情
追忆你当年对我的痴心。

我们的岁月在变迁流逝，
改变着一切，改变着我们，
对于你心爱的诗人来说，
你已蒙上坟墓的阴影，
对于你，你的朋友亦已成灰烬。

远方的恋人哪，请你领受
我发自内心的诀别的深情，
你要像一个寡居的妇人，
像一个朋友，默默地拥抱
自己的同伴，送他去囚禁。

① 这首诗是写给伊·沃龙佐娃的。

# 侍　童
# 或
# 十五岁

薛侣班就这么大……①

不久我就要满十五岁，
我可等得到那快乐的一天?
它会怎样鞭策我前进!
就是现在也没有一个人
敢于轻蔑地对我看一看。

我已不是小孩子，我已经
可以捻捻唇上的小胡子；
我像没牙的老头那样庄重，
你可以听见我浑厚的声音，
谁敢碰碰我，不妨试一试。

太太们都喜欢我，因为我谦逊，
她们当中有那么一位……
骄傲的眼神是那么多情，
脸蛋儿的红晕又是那么深，
她比我的生命还要可贵。

她生性严厉而又专制，
她的智慧真让我吃惊——
她的醋劲儿也着实不小，
因此许多人见了她害怕，
只有我可以和她亲近。

昨晚她对我一本正经地
发誓，说什么我要是仍然
那样，老是东张张西望望，
她就要送给我一剂毒药——
真的，她的爱情就是这般！

她不怕人家议论，要和我
私奔，哪怕到旷野里也行。
你可想知道我这位女神，
我那塞维利亚的伯爵夫人？……
不！　我决不说出她的姓名！

---

① 薛侣班是法国戏剧家博马舍喜剧《费加罗的婚礼》中的侍童，他爱上了他所服侍的贵妇阿勒玛维华。这首诗是以薛侣班的口气写成的。题词引自《费加罗的婚礼》。

* * *

我来了，伊涅西丽亚，
我在你的窗下，
夜色和甜蜜的梦
正拥抱塞维利亚。

我浑身是勇气，
来到你的窗下，
身上披着斗篷，
带着长剑和吉他。

你睡了吗？ 我要
唤醒你，用这把吉他，
要是老头儿惊醒，
这把剑会叫他躺下。

快用丝绸的绳结
系住你的窗子……
为什么犹豫？ 莫不是
我的情敌在这里？ ……

我来了，伊涅西丽亚，
我在你的窗下。
夜色和甜蜜的梦
正拥抱塞维利亚。

* * *[①]

我记得少年时代学校里的情景；
有许多孩子像我一样无忧无虑；
是一个成分迥异的活泼的大家庭；

一个衣着简朴的谦和的妇女，
看起来端庄持重，气度非凡，
对我们学校实行着严格的管理。

她的周围常常拥簇着我那一群同伴，
她总是用亲切和蔼而悦耳的声音
和我们这些年轻的同学交谈。

我还记得她头上缀着什么披巾，
她的双目明亮得有如晴朗的天空，
可是对她的谈话我却很少留心。

她的话语蕴含着神圣崇高的意境，
她的前额、安详的双唇和目光
表现出庄重的美，让我难以平静。

对她的忠告和责备我羞惭心慌，
对她那金玉良言的明白含义

我妄加解释，让它完全变样。

我常常独自一人在清朗的夜色里
悄悄溜进陌生人家的花园，
在斑岩砌成的拱顶下独享安谧。

在那里凉爽的树荫给了我安恬；
我放任自己的幻想去自由驰骋，
无边的遐想让我欣喜非凡。

我喜爱清澈的流水和树叶的潇潇声，
我喜爱树荫底下白色的石雕
和雕像脸上沉思忧郁的神情。

那些圆规和诗琴的大理石雕，
大理石雕像手中的宝剑和文卷，
头上的桂冠，帝王身上的长袍——

所有这些形象都在我的心间
产生一种甜蜜的敬畏，一看见它们，
激动的泪水便涌上我的双眼。

还有两座雕像塑造得如此逼真，
它们以其迷人的美让我神往：

---

① 在这首诗中普希金可能是要表现中世纪末期或早期文艺复兴时的意大利。诗似不完整。普希金以但丁《神曲》中的三韵句法写成。

这些雕像表现的是两位天神。

一位年轻天神的脸（德尔斐[①]的偶像）
表现出愤怒，充满了可怕的傲慢，
他全身都显示出一种非人间的力量。

另一位是女子的形象[②]，极富美感，
表现着一种令人生疑的理想——
魅人的魔鬼——难以置信，却很美艳。

面对着这些雕像，我心驰神往；
胸中剧烈地跳动着我那年轻的心——
我浑身打了个寒颤，好不心慌。

一种朦胧的渴求让我万分苦闷——
去尝尝从未尝过的欢乐。可是，
我萎靡而慵懒——枉然赋有青春。

我默默无言，郁郁寡欢，终日
徘徊在我那群少年中间，花园中
雕像的影子始终扰乱着我的心绪。

① 德尔斐，古希腊城市，建有阿波罗神庙。德尔斐偶像指阿波罗。
② 指维纳斯。

## ＊　＊　＊[①]

为了回返遥远祖国的海岸，
你离开了这片异邦的疆域；
在这难忘的悲伤的时刻，
我久久地对着你痛哭流涕。
我伸出冰凉冰凉的双手，
竭力抱住你，不让你离去；
我痛苦的呻吟在向你恳求：
别打断这生离死别的悲凄。

但是你却移开自己的嘴唇，
毅然割舍这痛苦的亲吻；
你要我离开这黑暗的流放地，
随你到另一个天地去安身。
你说："等到那一天，当我们
在常年碧蓝的天空下重逢，
我的朋友，那时在橄榄树下，
让我们再重温这爱情之吻。"
然而，唉，在那个天穹
闪耀着蔚蓝光辉的国度里，
橄榄树的阴影正投落在水中，
你却在最后的梦境里安息。
你的娇美和你心中的痛苦

都在坟墓的瓦罐中消失，

重逢的热吻也化为乌有……

但我等着它，可它已随你而去……

① 参阅《“在她祖国的蔚蓝色天空底下”》一诗。

# 茨冈人

在那宁静的傍晚时分，
在那树木蓊郁的河岸上，
帐篷里传来阵阵喧闹和歌声，
处处是刚刚点燃的火光。

你们好啊，快乐的民族！
我熟悉你们的点点篝火，[①]
如果是在另一个时候，
我会随你们去到处漂泊。

明天在曙光熹微的时候，
你们自由的足迹就要消失，
你们走了——但你们的诗人
却不能随着你们同去。

为了享受家庭的恬静，
为了享受乡村的安逸，
他忘记了流浪途中的夜宿，
抛弃了昔日任性的嬉戏。

① 普希金流放在基什尼奥夫的时候曾在流浪的茨冈人当中生活过一段时间。

## 1832

### * * *[①]

面对上流社会和宫廷中
五花八门无益的扰攘，
我保持着冷静观察的目光、
纯朴的心灵、自由的思想，
燃烧着高贵的真理的火焰，
而且像孩子一般善良；
我嘲笑过虚空的人群，
我恰当而且明晰地判断，
并把满腔的愤恨坦率地
写在札记上，权当笑谈。

① 这首诗在某些版本上有一个题目：《题亚·奥·斯米尔诺娃札记》。亚·奥·斯米尔诺娃（1809—1882），宫中女官，普希金的女友。普希金曾送她一本笔记本，建议斯米尔诺娃记笔记，他在这本笔记本上以斯米尔诺娃的口气写下这首诗。

## 美　女

### （题＊＊＊[1]纪念册）

她的身上一切都那么和谐美妙，
一切都胜过世俗的社会和热情：
她的容貌是如此端庄而秀丽，
她的神态却如此腼腆而文静；
她的流眄扫过周围的淑女：
没有对手，没有人同样鲜艳；
我们那一群脸色苍白的美人，
在她的光彩下都显得那么暗淡。

无论你匆匆忙忙赶往何方，
即使是去和心爱的人儿幽会，
无论你心中怀着什么梦想，
即使是如此隐秘并为之陶醉，
可是遇到她，你就会惊喜不置，
忽然不由自主地停住脚步，
面对着这神圣的美的化身，
你会诚心诚意地产生敬慕。

---

① 此诗是献给扎瓦多夫斯基伯爵的夫人叶·米·扎瓦多夫斯卡娅（1807—1874）的。

## 致＊＊＊[1]

不，不，我不该、不敢、也不能
沉醉于爱情的激动而失去理智；
我要严格地保持自己的冷静，
不让心灵燃烧，心醉神迷；
不，我爱得够了，然而为什么
我不能偶尔沉浸于片刻的梦幻，
当一位天国的杰作，年轻而纯洁，
楚楚动人，意外地走过我面前，
缓缓走过，消失了？……难道我不能
怀着惋惜和欢愉之情欣赏这少女，
目送她离去，并且在心里悄悄地
祝福她生活中充满幸运和欣喜，
衷心地祝愿她此生福星高照，
内心快乐而宁静，万事如意，
甚至祝愿她的意中人幸福——
他将把可爱的少女称作娇妻？

---

① 这首诗是写给娜杰日达·里沃夫娜·索洛古勃(约 1815—1903)的，她是普希金在彼得堡的朋友。

## 1833

# 秋[1]

## （断 章）

我的昏昏沉沉的脑子有什么没有想到啊？

——杰尔查文

### 一

十月来临了——小树林从它那
光秃的枝丫上抖落了剩余的树叶，
吹来寒冽的秋风——道路冻结了。
小溪还在磨坊那儿潺潺地流泻，
池塘已经结冰，邻人迫不及待
匆匆去打猎，兴高采烈出了门，
疯狂的游乐糟蹋了秋播的作物，
猎犬的吠声惊醒了沉睡的树林。

### 二

这才是我的季节，我不喜欢春天；
融雪天让我寂寞，臭气、泥泞让我病春；
血在冲动，我思想苦闷、心情郁悒。
严酷的冬天更让我精神振奋。
我爱冬天的雪，在溶溶的月光底下，
和女友乘上雪橇，奔驰得轻快而欢畅，

她穿着貂皮大衣，温暖而又娇艳，
紧握着我的手，热烈，还有点慌张！

### 三

多么快乐啊，双脚穿上了冰刀，
在光滑如镜的河面上滑冰！
而冬天的节日又多么隆重和热闹……
但是要老实承认：半年里雪下个不停，
就连那洞穴里的住客——狗熊
也终于厌倦。我们可不能一生一世
和妙龄的阿尔米达②乘雪橇兜风，
或关在双层窗里围着火炉挨日子。

### 四

啊，夏天是美丽的！ 我本来会喜欢你，
如果没有暑热、灰尘、蚊子和苍蝇。
你扼杀了我们全部心灵的活动，
你折磨我们，我们像土地遇到了旱神。
我们只求把水喝够，让自己得到凉爽，
此外没有别的想法，我们留恋冬天，
我们用薄饼和美酒送走冬天婆婆，
又用冰淇淋和冰镇饮料把她悼念。

---

① 此诗构思于 1830 年秋天，当时普希金在波尔金诺。原题为《一八三〇年乡村的秋天》。

② 塔索长诗《被解放的耶路撒冷》中的魔女。 此处作美女解。

## 五

人们总是咒骂晚秋的日子，
但我却喜欢它，亲爱的读者，
我爱它那沉静的美，它的明丽和温柔。
它像家里一个不讨人喜欢的孩儿
深深吸引着我。我坦白地告诉你们，
一年四季当中，我唯独喜欢秋日，
它有许多好处；我像个实在的情人，
在它身上发现了自己神往的品质。

## 六

这该怎么解释？ 我确实喜欢它，
就像您有时候也许会喜欢
一个害肺病的姑娘。她必死无疑，
可怜的人儿就要倒下，却毫无怨言。
在她凋萎的嘴唇上浮现着微笑；
她没有听见坟墓的大门已经打开；
在她脸上还泛出鲜艳的红晕。
她今天还活着，而明天已经不在。

## 七

令人忧伤的季节！ 你是多么迷人！
我喜欢你这即将逝去的绮丽，
我爱大自然凋萎时的五彩缤纷，
树林披上了深红和金黄的外衣，
树荫里风声萧萧，送来凉爽的气息，

天空蒙上了一层轻柔的烟波，
还有那稀疏的阳光、最初的寒气，
白雪皑皑的冬天已在远处威吓。

### 八

每逢秋季来临，我便精神焕发；
俄罗斯的寒冷有益于我的健康；
对于惯常的生活我又重新热爱；
睡意不断袭来，还想填补辘辘饥肠；
血液在心中轻快欢畅地流动，
欲望沸腾了——我又感到欢乐年轻，
我又充满了活力——这就是我的肌体
（请原谅我的连篇废话有渎清神）。

### 九

仆人送来了骏马，马儿载着骑手，
扬起鬃毛，奔驰在广阔的田野上，
在闪亮的马蹄下冰层裂成了碎块，
清脆的蹄声在封冻的山谷里飘荡。
但短促的白日过尽了，淡忘的壁炉里
又升起火来——时而火光通明，
时而隐隐阴燃——我坐在炉前读书，
有时是深长的思绪在心中回萦。

### 一〇

我忘记了世界——在甜蜜的静谧中，
我飘然若仙，沉醉在甜蜜的幻想里，

诗情在我的胸中涌动、苏醒：
我心中情思汹涌，几乎难以抑制，
它战栗着，呼求着，像在梦中一般，
寻求自由的表现，以最终一吐为快，
这时一大群我早已熟悉的幻象——
我的幻想的成果，纷纷向我涌来。

## 一一

于是脑子里的文思汹涌澎湃，
轻快的韵律迎着它飞奔而来，
我的手不由得拿起笔，笔奔向纸，
转瞬之间，一行行诗歌流泻得飞快。
仿佛一艘停在平静海面上的大船，
看哪！　水手们突然奔忙起来，爬上，
爬下——于是所有的帆都鼓满了风，
大船乘风破浪，扬帆开航。

## 一二

它航行着。可是它开往何方？……
. . . . . . . . . . . . . . .
. . . . . . . . . . . . . . .

# 1834

## ＊　＊　＊[1]

该走了，亲爱的，该走了，心儿要求宁静，
日子一天接着一天飞逝，每一点钟
都带走生活的一部分，我们两个人
打算的是生活，可你看，死亡却已临近。
世界上没有幸福，但有自由和宁静。
我早就梦想着那令人羡慕的运命，
我这疲乏不堪的奴隶，早想远走高飞，
到远方隐居，在写作和安乐中憩息。

---

① 1834 年 1 月尼古拉一世公开追求普希金的妻子，把普希金“封”为宫中低级侍从，普希金不得不应付于宫廷和上流社会之间，他非常苦闷，想带着妻子隐居到乡下去。这首诗是写给他的妻子娜塔丽亚 · 冈察罗娃的。

## 1835

# 乌　云

暴风雨后残留的一朵乌云！
只有你飞过蔚蓝的天际，
只有你撒下郁悒的阴影，
只有你给欢乐的日子带来伤悲。

不久前你还把天空严密遮蔽，
闪电可怕地在你身上冲击，
于是你发出神秘可怖的雷鸣，
对着干旱的大地泻下暴雨。

够了，躲开吧！　你早该隐退！
土地复苏了，风雨已沉寂，
阵阵微风轻拂着树叶，
正把你从平静的空中逐去。

*　*　*[①]

……我又一次来到了
那一块土地，在那里我不知不觉
度过了两年的流放生活。
从那时候起，十年过去了——
我的生活发生了许多变化，
我自己顺从了普遍的规律，
也有了许多改变——但回到这里，
往事又一一浮上我的心头，
我仿佛昨晚还在这树林里
散步。

这是我被贬时的小屋，
我和可怜的奶妈曾在这里栖身。
老奶妈已不在人世——隔着墙
我已听不见她沉重的脚步声，
领受不到她体贴入微的照顾。

那是树林葱茏的山冈，我常常
在那上面静坐——眺望着下面的
湖泊，郁郁不乐地回忆起
另一个地方的海岸和波浪……
那碧蓝宽广的湖水呈现在
金色的田野和翠绿的牧场之中；

一个渔夫在浩淼的湖面上
驾舟漂过，拖着一张残破的
渔网。在斜缓的湖岸上边，
村落星星点点——村子后面
一座磨坊歪歪斜斜，那叶片
在风中费力地转动……
　　　　　　　　　在祖传
领地的边沿，有一条道路
被雨水冲得坑坑洼洼，
通往山上，在那个地方，
有三棵松树——一棵远些，
另两棵紧紧相偎，在这里，
每当我在月光下骑马经过，
那树梢便发出熟悉的萧萧声
向我问候。现在我又一次
经过这条山路，三棵树又一次
出现在我眼前。景物依旧，
还是它们那熟悉的萧萧声——
但是在它们那老根附近
（从前是那么荒凉光秃），
现在已长出矮矮的树林——
一个翠绿的家族；在老树的
浓荫下，灌木丛像儿孙济济一堂。
远处站着它们忧郁的伙伴，

① 这首诗是1835年9月26日在米海洛夫村写成的。普希金20年代曾流放在这里两年，1835年9月，他又来到这里，住到10月中旬。

它像个老光棍，在它的四周
仍然是那么空旷。
　　　　　　　　　　你好啊，
我没有见过面的年轻的种族！
以后你们会成长壮大，超过
我的旧交，你们会遮住老树的
梢头，让过路人再看不见它们，
可那时我已看不见你们
魁梧的身姿。但是让我的孙子
也听见你们问候的喧响，
当他和朋友聚会回来，充满
愉快的遐想，在黑夜中走过
你们的身旁，把我怀念。

# 题卢库卢斯之病愈[①]

## 仿拉丁诗人

你已奄奄一息，年轻的富豪！
你听见悲伤的朋友们在哭泣。
死神为了你已经走进了
你那玻璃大厅的门扉。
他好像一个耐心的债主，
从一大清早就来到这里，
默默地伫立在前厅里面，
　　站在地毯上，寸步不离。

在你那昏暗的房间里面，
阴沉的医生们正窃窃私议。
一群食客和喀耳刻满脸
愁云，个个都焦躁忧虑；
忠实的奴仆们长吁短叹，
为你向诸神频频祈祷，
他们六神无主，神秘的命运
　　将如何决定，他们全不知道。

就在这时候，你的继承人
像饕餮的乌鸦扑向死兽，
他正害着贪欲的热病，

对着你脸色发白，浑身颤抖。
他那舍不得多用的火漆
已经封闭了你的账房；
他以为在尘封的故纸堆里
　　已扒进了一座座金山。

他想："如今我已经不必
在权贵的家里照看孩子，
我自己就要成为权贵；
再说，地窖里还有粮食。
我要奉公守法——这又何妨！
对妻子也不须锱铢必较，
对于那些公家的木柴，
　　从今我再也不去偷盗！②"

但你活过来了。你的朋友
都欢天喜地，拍手庆贺；
奴仆们也像善良的家人，
彼此亲吻，个个乐呵呵；
医生们兴奋得抬起了眼镜，
棺材店老板则垂头丧气；

---

① 这首诗是借古喻今，讽刺当时反动政客，国民教育大臣谢·谢·乌瓦罗夫的。当时富翁舍列梅捷夫病重，乌瓦罗夫作为他的继承人急急忙忙封掉他的财产，但不久舍列梅捷夫突然病愈，此事在社会上传为笑谈。读者很快就明白了普希金这首诗的意思，普希金也因而得罪了乌瓦罗夫。卢库卢斯(约前117—前58或56)，罗马将军。

② 暗指乌瓦罗夫偷盗公家木柴事。

于是乎总管把他和继承人
　　双双从家中轰了出去。

就这样，生命回到了你身上，
带着它全部诱人的力量；
请看吧：这是无价的礼物，
它呀，值得你好好地安享；
欢乐地度过它吧，日月如梭，
是时候了！　找一个美女成亲，
把她带进辉煌的金屋，
　　诸神会祝福你们的婚姻。

## 1836

# 译平代蒙泰诗[①]

虚有其名的权利我从不向往，
尽管有人为它而昏头转向。
我绝不抱怨上帝没有赐予
美好的命运：为反对征税而抗议，
或干涉皇帝，要他们停止战争；
报刊是否能自由地愚弄糊涂虫，
敏感的检查官是否禁止杂志
发表滑稽的文字，我全不在意。
你看，这不过是文字，文字，文字[②]。
我所珍视的是另一些更好的权利；
另一种更可贵的自由才称我的心：
无论是依靠皇帝还是人民，
岂不都一样？[③]让他们都去见上帝。
　　　　　　　　　　　　　　　　　我只需
自得其乐，随心所欲，而不必
去答理别人；不必为权势和官职
违背良心，改变主意，低三下四；
我只需兴之所至，到处去旅行，
欣赏大自然仙境一般的美景，
或在艺术和灵感的杰作面前，

快乐地战栗，喜不自胜地赞叹，

这才是幸福！这才是权利……

① 这首诗是普希金的作品，为避免书刊检查机关的刁难，假托翻译。平代蒙泰(1753—1828)，意大利诗人。

② 借用莎士比亚悲剧《哈姆雷特》中的台词。

③ 普希金对欧洲资产阶级民主，特别是对美国的虚假民主抱否定态度。

* * *

我竖立起一座纪念碑[1]

我为自己竖立起一座非人工的纪念碑，
在人民走向那里的小径上青草不会生长，
他昂起那颗永不屈服的头颅，
　　高过亚历山大石柱[2]之上。

不，我不会完全灭亡——我的心灵在珍爱的诗琴中
比骸骨存在得更长久，它决不会腐朽——
只要月光下的世界上还有一个诗人，
　　我的声名将永垂千秋。

我将蜚声整个伟大的俄罗斯土地，
它现存的一切民族都将传颂我这个诗魂，
无论是斯拉夫人骄傲的子孙、芬兰人、尚未开化的
　　通古斯人，还是草原之友卡尔梅克人。
我将世世代代为人民所喜爱，
因为我曾用诗琴唤醒人们善良的心，
在我这严酷的时代，我讴歌过自由，
　　为那些罹难的人祈求过同情。

啊，缪斯，听从上帝的意旨吧，

不要畏惧人们的欺凌，也不必企求桂冠，
冷漠地对待赞美和辱骂，
　　也不必和愚妄的人争辩。

---

① 引自贺拉斯的诗《致墨尔波墨涅》。
② 亚历山大石柱建于彼得堡皇宫广场上，为纪念沙皇亚历山大一世而立。

**图书在版编目(CIP)数据**

普希金抒情诗选/(俄)普希金著;冯春译.
—上海:上海译文出版社,2018.10
ISBN 978-7-5327-7902-4

Ⅰ.①普… Ⅱ.①普… ②冯… Ⅲ.抒情诗—诗集
—俄罗斯—近代 Ⅳ.①I512.24

中国版本图书馆CIP数据核字(2018)第106611号

А.С.ПУШКИН
СТИХОТВОРЕНИЯ
本书根据
Полное собрание сочинений
В 10 томах т. Ⅰ-Ⅲ
Издательство Академии наук СССР

**普希金抒情诗选**
[俄]普希金 著 冯春 译
责任编辑/冯涛 刘晨 装帧设计/王小阳工作室

上海译文出版社有限公司出版、发行
网址:www.yiwen.com.cn
200001 上海福建中路193号 www.ewen.co
江阴金马印刷有限公司印刷

开本890×1240 1/32 印张12.5 插页6 字数99,000
2018年10月第1版 2018年10月第1次印刷
印数:0,001—5,000册

ISBN 978-7-5327-7902-4/I·4863
定价:68.00元

本书中文简体字专有出版权归本社独家所有,非经本社同意不得转载、摘编或复制
如有质量问题,请与承印厂联系调换。T:0510-86683980